www.tredition.de

AF185172

Peter Scheiner

Himmelskreuze

Erinnerungen an eine Kriegskindheit
in Berlin und Wien und im Bregenzerwald

www.tredition.d

© 2019 Peter Scheiner

Verlag und Druck: tredition GmbH, Hamburg

ISBN
Paperback: 978-3-7482-2737-3

Inhalt

Farben der Kindheit

Leuchtende Farben in überwiegenden Weiß- und Rottönen sind Wegmarken der Erinnerung an meine früheste Kindheit. Bei näherem Hinsehen scheiden sich die Farben und bekommen unterschiedliche Zugehörigkeiten. Die hellen Farben wie Weiß und Gelb gehören zu Berlin, die satten Farben wie Rot und Braun zu Wien.

Meine nachhaltigsten Farberinnerungen sind Weiß und Gelb. Weiß sind die Straßenbahnen in Berlin, die durchs Verkehrsgewühl zwischen hupenden Autos, Motorrädern und Radfahrern ihren Weg finden. Gelb ist die S-Bahn, die in rasantem Tempo und hell erleuchtet im Dunkel unter der Erde in die Station einfährt. Diese hellen Farben sind mit Hektik und Tempo verbunden und stoßenden und quietschenden Geräuschen, die ständige Bewegung signalisieren, auf dem Platz vor dem Hauptbahnhof an schattenhaften Menschengestalten vorbei im gleißenden Licht einer strahlenden Sonne. Während sich von der tosend dahinrasenden S-Bahn mehrere Bilder in mir übereinander schieben, habe ich von der weißen Straßenbahn im Verkehrsgewühl vor dem Hauptbahnhof nur eine einzige Momentaufnahme in meinem Gedächtnis. An das Bahnhofsgebäude selbst kann ich mich nicht erinnern. Ich muss es aber gesehen haben, als ich damals mit den Eltern im Schlafwagen aus Wien gekommen bin.

Meine älteste Farberinnerung ist allerdings Rot. Das Rot, das ich bei leuchtenden Kerzen an einem Weihnachtsbaum gesehen habe. Und das Rot, das zusammen mit dem grässlichen Quietschen einer Straßenbahn auftaucht. Rot war in Wien die Straßenbahn, die bimmelnd über die Hietzinger Brücke fuhr, während sich die Schaffnerin durch die voll besetzten Waggons quetschte und aus dem Kassenautomaten vor ihrem Bauch die Fahrscheine zog. Rot war auch die Stadtbahn, die später U-Bahn genannt wurde. Tageslicht fiel zwischen schmalen, von schlanken Säulen gestützten Dächern auf die Perrons der Station Hietzing. Über breite, sehr niedere Stufen kam man zu den Perrons hinunter. Die Stadtbahn fuhr also unter Straßenniveau wie die Berliner S-Bahn. Doch war die unter Tag in die Station rauschende S-Bahn in Berlin eindrucksvoller als die bei Tageslicht einfahrende Stadtbahn in Wien. Dass es auch in Berlin S-Bahn-Strecken über Tag und in Wien Abschnitte der Stadtbahn unter Tag gab, in die kein Tageslicht mehr fiel, wusste ich damals noch nicht.

Farben spielen in meiner Erinnerung eine so große Rolle, weil sie mir als Kind die Möglichkeit gaben,

Unterschiede kenntlich machten. Bei den vielen Reisen zwischen Wien und Berlin, die meine Eltern mit mir unternahmen, war es für mich wichtig, durch eindeutige Farbzuschreibungen in den Großstadtwelten, die so vieles gemeinsam hatten, Unterscheidungsmerkmale zu finden. Die Farben mussten rein und klar sein, Farbkombinationen ließ ich nicht zu. Wie rigide dieses Farbverhalten war, wurde mir erst vor ein paar Jahren bewusst, als ich mit meiner Frau in Berlin war und wir mit der Schnellbahn zum Wannsee fuhren. Die Schnellbahn hatte auf gelbem Grund einen breiten roten Streifen. Und als wir die vielen hohen Stufen von der Station zur Straße hinunter stiegen, erinnerte ich mich: Hier hatte ich als Kind mit meiner Mutter einen langen und ausführlichen Disput über die Farben der Verkehrsmittel in Wien und Berlin geführt. Den Mix aus Gelb und Rot wollte ich nicht gelten lassen.

Rot gehörte eben nicht zu Berlin, sondern zu Wien. Wie auch Braun. Braun waren die hohen und tiefen Türstöcke und die Türen der Wohnung von Opa und Oma Prati in Wien. Ebenso braun waren die hohen Rahmen der doppelt verglasten Fenster der Wohnung. Immer lag ein Fensterpolster zwischen den beiden Fensterscheiben. Auf das Polster im rechten Wohnzimmerfenster legte ich auf Anregung der Oma einmal ein Stück Würfelzucker, damit der Storch käme und der Mutter ein Baby brächte, einen Bruder oder eine Schwester für mich. Das war vergeblich.

Die Wohnung der Pratis lag im ersten Stock der Nisselgasse 2 und hatte sehr hohe Räume. Von den zwei Fenstern des Wohnzimmers wie von den zwei Fenstern des Schlafzimmers und dem einen Fenster des Kabinetts sah man auf die Nisselgasse hinunter. In dem Kabinett wohnten wir, wenn meine Mutter mit mir in Wien war, manchmal auch mit dem Vater. Über ein langes Vorzimmer kam man in die Küche, von deren Fenster man in den Innenhof sah wie auch vom Kabinett hinter der Küche. In dem Innenhof spielte ich manchmal mit einem Gummiball, allein, und mir kommt vor, der Hof war damals größer als heute.

Um das nächste Eckgebäude der Nisselgasse kommt man in die Hadikgasse, die parallel zum Wiental verläuft, in dem neben dem gleichnamigen Fluss die U-Bahn, früher Stadtbahn in die Innenstadt oder entgegengesetzt nach Hütteldorf fährt. Das Wiental ist die Grenze zwischen Hietzing und Penzing. Die Pratis wohnten also in Penzing, behaupteten aber immer, in Hietzing zu wohnen. Denn dieser Bezirk, in dem auch das Schloss Schönbrunn steht, gilt als vornehmer. Außerdem hieß die Station der Stadtbahn gleich jenseits der Hadikgasse Hietzing.

In der Hadikgasse betrieb meine Großmutter Anna, genannt Ameise, einen Frisörsalon, in dem meine Mutter Josefine, genannt Fini, und ihre ältere

Schwester Hilda ihre Lehre gemacht hatten. Heute gehört das Gebäude einer Bank. Ameise wurde meine Großmutter genannt, weil sie, schwarz gekleidet, wie es einer älteren Frau damals zukam, öfter mal eine weiße Tuchent von Bett zu Bett auf dem Rücken durch die Wohnung schleppte, wenn sie Übernachtungsbesuch hatte. Das sah dann aus, als trüge sie ein Ameisenei.

Mein Großvater Josef, genannt Pepi, war sehr gesellig, mehr ein Genießer als Arbeiter, und hatte immer guten Bohnenkaffee, den er aus feinen chinesischen Tassen trank. Den Kaffee hatte er, weil er sein Geld beim Zoll verdiente und sich von Proben, die aus Sendungen von Kaffeesäcken genommen wurden, beste Kaffeebohnen abzweigen konnte. Eigentlich hieß er Edler Josef von Prati. Den Adelstitel trug meine Mutter nicht mehr, weil sie einen Bürgerlichen geheiratet hatte. Das war mein Vater. So hörte ich es damals. Seit der Schule weiß ich, dass der Adel in Österreich schon 1919 abgeschafft worden war und es die Familie mit der Beachtung von Gesetzen einer moderneren Zeit offenbar nicht so genau nahm.

Zu Vaters Eltern, Opa und Oma Scheiner, fuhren wir mit der Stadtbahn von Hietzing Richtung Hütteldorf, und zwar bis Ober St. Veit. Sie wohnten in der Tuersgasse 12, ebenfalls im ersten Stock. Die Wohnung war groß. Am größten war das breite und lange

Vorzimmer, das mindestens um zwei Ecken führte und die ganze Wohnung begrenzte. Man hätte in dem Vorzimmer mit dem Fahrrad fahren können, hörte ich irgendwann meinen Vater sagen. Einmal saßen wir da auf der von der Tuersgasse abgewandten Seite in einer Veranda, von der man in einen Garten hinab sah. Die Erinnerung daran deckt sich aber mit jener an den Blick auf den Garten aus der Veranda der Wohnung von Omas Eltern, den Lüftners, in Prag. An welche der beiden Veranden ich mich tatsächlich erinnere, weiß ich also nicht.

Meistens saßen wir mit Oma Scheiner im Wohnzimmer. Durch die zwei hohen Fenster sah man auf die Tuersgasse hinunter. Der mächtige Tisch in der Mitte mit den hochlehnigen Stühlen davor glich der Tischgarnitur im Wohnzimmer der Pratis. Zwischen den beiden Fenstern stand, flankiert von zwei hohen chinesischen Vasen, eine geschnitzte Truhe, die heute in meinem Vorzimmer steht. Ebenso sind der Schreibtisch, der an der Wand stand, der zierliche Nierentisch daneben, das zweisitzige Jugendstil-Sofa, Verlobungs-Sofa genannt, und der dazu gehörige schmale Fauteuil noch heute im Besitz meiner Familie. Einen zweiten, zu der Garnitur gehörenden Fauteuil soll Oma einmal mit einer elektrischen Heizung verbrannt haben.

Auch in dieser Wohnung war die vorherrschende Farbe Braun. Der Fußboden war braun, schmutzig braun, die hohen Türen, Fenster und Möbel waren braun. Dennoch war es hier anders als bei den Pratis. Die ganze Wohnung wirkte düster. Das mag auch an den schweren und dunklen Vorhängen vor den Fenstern gelegen haben, vor allem aber, glaube ich, war es Ausdruck einer bedrückenden Stimmung. Unklar war nur, ob diese Stimmung von häuslicher Strenge oder von Krankheit geprägt war.

Mein Vater küsste seiner Mutter, Oma Else, die Hand und sprach sie mit Sie an. Im Kabinett am Ende des Vorzimmers, neben dem düsteren Wohnzimmer, sah ich einmal eine runzlige und dünne alte Frau krank im Bett liegen. Das war die Annuschka. Sie war früher das Dienstmädchen und bis zum Ende die Köchin der Familie. Sie hatte meinen Vater und seine beiden Brüder großgezogen. Er liebte sie noch immer. Und mein Großvater, Dipl. Ing. Franz Scheiner, hatte vor seiner Pensionierung einen sehr hohen militärischen Rang gehabt. Nun lag er meistens wegen Angina Pectoris im Bett. Einmal holte er mich bei den Pratis ab. Wir gingen durch den Hadik-Park gleich auf der anderen Seite der Hadikgasse. Es war ein kurzer Sparziergang.

Gewöhnlich sah ich nur Oma Scheiner, wenn wir in der Tuersgasse zu Besuch waren. Opa Scheiner nicht. Die Oma war eine respektable Erscheinung und schenkte uns Tee ein, wenn wir an dem großen Tisch im Wohnzimmer saßen und ich das Schachspiel aus der Schnitztruhe unter dem großen Spiegel holte und ohne jede Regelkenntnis mit den Figuren spielte. Was sie sagte, verstand ich nicht ganz. Heute weiß ich, sie sprach in geschliffenen gesellschaftlichen Floskeln über aktuelle Gegebenheiten hinweg. Und ich war irgendwie erleichtert, wenn wir wieder zu den Pratis zurückfuhren.

Dort lehnte ich mich, auf einem Schemel stehend, über das Polster im geöffneten rechten Wohnzimmerfenster und sah auf die enge Nisselgasse hinunter, durch die Autos und Fahrräder auf die querende Hadikgasse zufuhren, und auf die Fensterreihen und Dächer der gegenüber liegenden Häuser, über denen der Himmel nur in einem schmalen Streifen sichtbar war.

Das ist meine Erinnerung. Doch ist dieser Himmelsstreifen über den Häusern gegenüber meinem Fensterausguck in der Nisselgasse tatsächlich gar nicht so schmal, wie er in dem Bild aus der Vergangenheit erscheint. Denn die Häuser dort sind überraschend nieder. Mein Blickfeld in Wien erschien mir damals eben immer begrenzt, gleich, wo ich mich befand, ganz anders als in Berlin. Hier sah ich immer weit. Die Häuser um den großen runden Platz, auf den ich vom Balkon unserer Wohnung hinuntersah, waren für mich keine Grenze des überschaubaren Raumes, sondern nur eine niedere Schwelle, hinter der sich die märchenhaften Wolkengebilde eines grenzenlosen Himmels auftaten. Wir wohnten in Berlin am Rande der Stadt, in der Nähe des Flughafens Gatow, wo mein Vater Dienst tat.

Als Angehöriger der Luftwaffe hatte er die Wohnung in der Offizierssiedlung am Habichtswald bekommen. Eine große, schöne und lichte Wohnung. Von dem großen und quadratischen Vorzimmer kam man nach der Eingangstür rechts in die Küche und dahinter ins Badezimmer, an der Stirnseite ins Schlafzimmer und links daneben ins Wohnzimmer, das auch Herrenzimmer genannt wurde, weil Vaters Schreibtisch drin stand. Vom Wohnzimmer aus kam man auf den Balkon, von dem ich auf den großen Platz vor dem Haus hinunter sehen konnte. Und auf der linken Seite des Vorzimmers lag mein Kinderzimmer. Mir kommt vor, alles in der Wohnung war hell: Türen, Wände, Möbel in der Küche und im Kinderzimmer. Eine Ausnahme bildete natürlich Vaters dunkler Schreibtisch. Und auch die Schlafzimmermöbel waren dunkler als die in den anderen Räumen. Allerdings habe ich keine ganz klare Vorstellung davon, weil im Schlafzimmer wegen der vor die Fenster gezogenen grün durchschimmernden Vorhänge immer ein diffuses Dämmerlicht herrschte. Das war so, weil ich am Nachmittag im Elternbett schlafen musste.

Zu unserer Wohnung kamen wir vom Hauptbahnhof mit dem Autobus. Er fuhr über den Gladower Damm die Havel entlang. Der Fluss kam mir vor wie ein See, so breit erschien er mir. Und der Bus war ein Doppeldecker-Bus, was mich sehr beeindruckte. Diese Erinnerung an Busfahrten vom Hauptbahnhof zur Haltestelle Habichtswald bei unserer Wohnung ist allerdings nur eine Rekonstruktion, erschlossen aus verschiedenen Erinnerungsbruchstücken.

Ganz anders ist es mit dem Bild der Bushaltestelle, das mir eine ganz bestimmte Szene vergegenwärtigt, als ich in der heraufziehenden Abenddämmerung mit der Mutter dort stehe und wir auf den Vater warten, der wegen irgendwelcher Amtsgeschäfte in die Innenstadt gefahren ist. Das Bild entspringt einer unmittelbaren Erinnerung an einen fahlen Dämmerhimmel, auf dem die ersten Sterne zu blinken beginnen und ein einsames Flugzeug brummend seine Bahn zieht. Ich hol dir den Mond vom Himmel, hat mein Vater einmal gesagt. Dann sehe ich wieder die Straße entlang, sehe die übereinander geschichteten Lichter des großmächtigen Autobusses sich von weitem über den Gladower Damm nähern. Als der Bus tief stöhnend hält, ist der Vater in dem Dämmerlicht und vor den Lichtern im Bus nur als schattenhafte, aus einer Tür hoch oben herabsteigende Gestalt zu erkennen.

Der Weg zurück zur Wohnung war dann nicht weit. Es ging eine Stichstraße hinein bis zum Tor im Drahtzaun, der um den Habichtswald gespannt war. Dort bog die Straße links ab, und wir gingen an Schrebergärten vorbei und an einigen zweistöckigen Häusern links und rechts der Straße. Im linken Eckhaus vor dem Platz, auf den ich vom Balkon aus sehen konnte, wohnten wir im ersten Stock. Ein sehr großer Platz, dachte ich damals.

Dass unsere vielen Fahrten zwischen Wien und Berlin mit dem Krieg zusammenhingen, der zwischen 1939 und 1945 geführt wurde, konnte ich mir in allen Einzelheiten erst zusammenreimen, als er längst vorbei war. Es war so, dass die Mutter oft, wenn der Vater im Krieg war oder an der Front, wie es damals hieß, bei ihren Eltern, den Pratis in Wien war. Und das hing wohl auch damit zusammen, dass der Bombenkrieg mit Dauer des Krieges in Berlin immer heftiger wurde, während die Flugzeuge der Alliierten Wien noch nicht erreichten. Einmal oder zweimal war auch der Vater mit uns in Wien. Wahrscheinlich wenn er Urlaub hatte. Auch dann wohnten wir bei den Pratis.

Der Krieg begleitete mich wie eine Selbstverständlichkeit die ganze Kindheit über, auch wenn ich mit den Eltern im Schlafwagen von Wien nach Berlin fuhr. In Ulm hatten wir einmal längeren Aufenthalt wegen eines Fliegerangriffs. Ich muss damals schon gewusst haben, was so ein Fliegerangriff bedeutete. Denn ich wunderte mich, dass wir nicht in einen Keller gingen, sondern im Zug blieben. Als dann Entwarnung gegeben wurde, fuhren wir ohne jeden außerplanmäßigen Halt weiter bis Berlin. Bei der Ankunft dürften sich mir die gleißend hellen und hektisch bewegten Farbeindrücke eingeprägt haben, die ich bis heute mit Berlin verbinde. Ich erinnere mich aber auch an eine andere Ankunft in Berlin, da habe ich vor dem Hauptbahnhof die ersten Ruinen gesehen, fein säuberlich zusammengekratzte Häuserreste, keine Schuttberge wie später.

Dass ich das Nebeneinander einer heiteren intakten und einer gefahrvollen kriegserschütterten Welt bis Kriegsende ziemlich unbeschwert zur Kenntnis nehmen und sorgenfrei wieder in meinen Spielalltag schlüpfen konnte, nachdem ich eben noch einen Fliegerangriff oder das Zusammenstürzen eines Hauses erlebt hatte, dürfte hauptsächlich mit der unerschütterlichen Robustheit der kindlichen Seele zusammenhängen. Kinder halten oft mehr aus als Bombenangriffe.

Meine Eltern waren beide Wiener. Der Vater war leidenschaftlicher Pilot und Offizier. Nach Hitlers Einmarsch in Österreich wurde er als Fluglehrer nach Berlin versetzt. So kam er zum Flughafen Gatow. Folge seiner beruflichen Entwicklung vom Leutnant in Österreich zum Fluglehrer im Deutschen Reich war neben der Zuteilung der Dienstwohnung auch seine Heirat und meine Geburt im Februar 1940 in Döberitz. Als er sich an die Front meldete und als Bomberpilot gegen England flog, wohnten wir weiter in der Offizierssiedlung am Habichtswald. Offenbar blieb der Flughafen Gatow bis zuletzt seine Dienststelle.

Meine Geburt war ein Ereignis unter Kanonendonner, sagte mein Vater einmal. Ob damals tatsächlich die Kanonen donnerten, ist mehr als zweifelhaft. Denn das Deutsche Reich fuhr noch auf der Siegerstraße, und die Flugzeuge der Alliierten kamen noch sehr selten bis Berlin. Es war die Zeit, in der der Vater und die anderen jungen Fliegeroffiziere noch glaubten, ihren Kultur-Idealismus verwirklichen zu können, der die flugbegeisterten Kampfflieger, die mehr Flieger als Kämpfer waren, bei Beginn des Frankreich-Feldzuges davon träumen ließ, Saint-Exupéry gefangen zu nehmen und sich mit ihm zu feuchtfröhlichem Umtrunk ins Offizier-Kasino zurückzuziehen. Saint-Exupéry, z.B. seinen Roman „Nachtflug", las mein Vater sehr gerne, und in den ersten Jahren nach dem Krieg erzählte er noch von solchen Ideen, die er mit seinem Beruf im Dritten Reich verbunden hatte.

Der Kanonendonner, auf den mein Vater da mehr floskelhaft Bezug nahm, ist wohl eher als Metapher zu verstehen für eine Zeit des vom Krieg begleiteten Aufbruchs der Jugend, vielleicht auch für die nähere Bestimmung meines eigentlichen Geburtsortes, in Döberitz bei Berlin im Heeres- oder Wehrmachtsspital, in das sich die Mutter begeben hatte. Von dort brachte sie mich in unsere Wohnung. Und als ich über zwanzig Jahre nach Kriegsende diesen Ort meiner Kindheit besuchte, stellte ich fest, dass sich Geschichte doch in Varianten wiederholt. Nun betrieben die Engländer den Flughafen, und Engländer wohnten in der Offizierssiedlung.

Berliner Milieu

Wegen des ständigen Milieuwechsels zwischen Wien und Berlin in den ersten Lebensjahren lernte ich nie einen Dialekt. Meine Aufenthalte in den Städten waren immer zu kurz, als dass ich mir lokal bestimmte, mundartliche Sprechweisen hätte aneignen können. Durch meine Eltern lernte ich ein wienerisch eingefärbtes Hochdeutsch. Wien war sprachlich bestimmend für mich.

Dennoch erscheint mir Berlin als die wichtigere Stadt meiner frühen Kindheit. In Berlin waren wir selbstbestimmt, in Wien abhängig von den Pratis. In Berlin hatten wir eine eigene Wohnung mit eigenem Kinderzimmer für mich, während wir in Wien immer bei den Großeltern wohnten, quasi zur Untermiete. In Berlin konnte ich in den ersten Jahren allein auf die Straße hinauslaufen, um mit anderen Kindern zu spielen, während ich in Wien in der Wohnung eingesperrt und nur mit Erwachsenen zusammen war. Und schließlich gilt meine erste wie meine letzte Erinnerung an jene Zeit eines ständigen Aufenthaltswechsels Berlin, einem Berliner Bahnhof. In dem einen komme ich im hellen Licht einer strahlenden Sonne an – das ist meine erste Erinnerung – von dem anderen fahre ich in dunkler Nacht neben einem kleinen einsamen Häuschen in einem finsteren Wald ab – das ist meine letzte Erinnerung. Dazwischen liegen die Jahre, in denen ich älter und die Auswirkungen des Krieges, der meine ersten Jahre begleitete, immer nachhaltiger wurden. Und beides zusammen, mein Älterwerden und der Krieg, hängt mehr mit Berlin zusammen als mit Wien.

Noch war Berlin aber eine sonnige, helle und freundliche Welt, in der mir keine Grenze gesetzt war, die Wohnung zu verlassen, die Stufen hinunter und hinaus auf die Straße zu laufen, auf der kaum einmal ein Auto fuhr und ich Kinder traf, die mit mir spielten. Zwar wurde ich auch mal verdroschen, vor allem vom Franz, der im Haus gegenüber auf der anderen Straßenseite wohnte, doch das war hinzunehmen und wohl auch gar nicht so schlimm, denn an diesen Jungen erinnere ich mich nur mittelbar über ein Bilderbuch, das ich zum letzten Weihnachtsfest in Berlin bekommen habe. Mein Vater hatte es getextet, geschrieben, gezeichnet und gemalt. Da ist der schlimme Franz abgebildet, wie er schreiend in einem mit Wasser gefüllten Kessel sitzt, um den die Teufel in der Hölle herumtanzen, während sie das Feuer darunter schüren.

Meistens spielte ich mit zwei Mädchen, die im Haus uns gegenüber wohnten. Wir trieben uns da im Garten herum oder saßen auf dem Bürgersteig vor der Haustür, durch die es zu unserer Wohnung hinauf ging. Eine von ihnen hatte eine helle breite

Schleife im Haar. Und manchmal waren auch Franz und andere Kinder dabei, wenn wir mit Kuchenförmchen und Schaufeln unsere kleine Welt bauten.

Saßen wir Kinder da zusammen auf dem Bürgersteig, ging es ziemlich friedlich zu. Dennoch endete das Spiel im Freien oft damit, dass ich verhauen wurde, nämlich vom eigenen Vater. Der kam mittags vom Fliegerhorst nach Hause. Von einem schmalen Feldweg, der in den runden Platz vor unserem Wohnhaus mündete, ging er auf uns zu, trat auf den Bürgersteig, packte mich, trug mich die Stiege hoch in unsere Wohnung, während ich schon im Stiegenhaus lauthals schrie, trug mich ins Herrenzimmer und versohlte mir mit einem Lineal den nackten Hintern.

Natürlich schrie ich weiterhin sehr laut, wahrscheinlich lauter als es wehtat. Warum ich verhauen wurde, wusste ich nicht. Es war eben so, dass ein Vater das hin und wieder tat. Und nach dem Krieg wunderte ich mich, dass er es nicht mehr tat. Allerdings erinnere ich mich, dass einmal, als er mich auf dem Bürgersteig vor dem Haus packte, der eine meiner Hosenträger heruntergerutscht war. So jedenfalls lautete der Vorwurf der Mutter, als ich ihr – nicht dem Vater – gegenüber gegen die Prügel protestierte.

Vielleicht hingen die Prügelaktionen auch mit irgendwelchen sexuellen Spielereien unter uns Kindern zusammen.

Ich war ein Einzelkind und den Umgang mit anderen Kindern nicht gewohnt. Wohl suchte ich ihre Gesellschaft außer Haus, ich suchte sie sogar sehr gerne, doch muss ich im Zusammenspiel mit ihnen immer irgendwie ängstlich gewirkt haben. Darauf führe ich zurück, dass mir Vater oder Mutter einmal mit der Aufforderung, mich zu wehren, einen Stock in die Hand drückten. Es war auf dem Platz vor unserem Wohnhaus. Der Junge, der mich gehänselt hatte, hieß Axel und war größer als ich und dünn. Ich verstehe bis heute nicht, dass er zu weinen begann, als ich mit dem Stock in der Hand auf ihn zulief, verprügelt habe ich ihn dann gar nicht. Als die Mutter einmal mit mir bei seiner Familie zu Besuch war, sagte ich, als man mich in die Kinderstube schicken wollte: „Will nicht in die Kindertube." Ich musste darauf die ganze Besuchszeit über auf dem Fußboden neben dem Bein meiner Mutter sitzen. Wohl eine kalkulierte pädagogische Maßnahme. Ich sollte merken, wie langweilig es bei Erwachsenen ist, wenn keine Kinder dabei sind.

Das fand ich aber gar nicht so unangenehm, denn die glatt und hellbraun bestrumpften Beine meiner Mutter hatten es mir insofern angetan, als ich von ihnen sehr deutlich träumte, als sie nachmittags außer Haus war, nachdem sie mich im elterlichen Schlafzimmer ins Bett gelegt hatte. Dort schlief ich am Nachmittag lieber als in meinem Bett im Kinderzimmer, weil die dünnen Vorhänge vor den Schlafzimmerfenstern ein angenehmes, grünliches Licht durchschimmern ließen, während es nach dem Zuziehen des Rouleaus vor dem Fenster des Kinderzimmers stockfinster war. Im Kinderwagen, einem Sportwagen, der neben der Küchentür an der Wand im Vorzimmer stand, wachte ich dann auf, als die Mutter die Wohnungstür aufschloss. Hier hatte ich wohl schlafwandelnd Schutz gesucht.

Waren keine Kinder auf der Straße oder dominierte ein älterer, wilder Junge – vielleicht der Franz – die Kindergruppe vor dem Haus, mochte ich nicht hinuntergehen und nutzte die Möglichkeiten, die der Balkon bot. Hier konnte ich ungestört für mich spielen oder aus sicherer Entfernung irgendeine Unverschämtheit hinunterrufen. Auf Platz und Straße vor dem Balkon war immer etwas los. Leute gingen da hin und her. Manchmal kam jemand mit einem Fahrrad an. Besonders interessierte mich der kleine Lastwagen, der da jeden Vormittag hielt.

Wenn die linke Seite des Wagens heruntergeklappt wurde, konnte man in sein Inneres und die hier ausliegenden Lebensmittel sehen, die von den

Frauen unten eigens begutachtet wurden. Was die Mutter kaufte, war sicher immer Milch, Brot, Butter oder Butterersatz. Und ich erinnere mich genau, dass sie auch Malz nach oben brachte, denn Malz aß ich für mein Leben gern. Dass es sich dabei um Zuckerrübensirup gehandelt hatte, merkte ich erst viel später, als ich in Neuss wohnte. Der Niederrhein ist eine Zuckerrübengegend.

In meinem Kinderzimmer spielte ich dann das Einkaufen beim Lebensmittelwagen nach. Die Wickelkommode diente als Einkaufsauto. Die oberen Schubfächer markierten die heruntergeklappte Wagenseite. Das darin untergebrachte Spielzeug konnte für die Lebensmittelangebote herhalten.

Ich kann mich allerdings auch noch an ein früheres Stadium dieser Wickelkommode erinnern, auf der ich strampelnd lag, gepudert und gesalbt wurde und Angst hatte. Denn die Prozedur auf der Wickelkommode erinnerte mich an einen Arztbesuch, bei dem ich ebenfalls in Griffhöhe der Erwachsenen auf einem Tisch mit einem Gummi-Tuch lag und geimpft wurde. Das piekte. Und diese Erinnerung ruft mir noch eine andere Wickelkommode vor Augen. Wie die in meinem Berliner Kinderzimmer sah jene aus, auf der meine Kinder gewickelt wurden.

Im Kinderwagen oder zu Fuß an der Seite der Mutter, selten des Vaters, lernte ich nach und nach unser Wohnumfeld kennen. Bevor man den Habichtswald erreichte, lag rechts neben dem Bürgersteig der Schrebergarten, den die Eltern beackerten, so gut sie konnten. So nannten sie den kleinen Gemüsegarten, der zu ihrer Wohnung gehörte. Daneben waren weitere Kleingärten für die anderen Parteien der Häuser angelegt. Selbstverpflegung war in Kriegszeiten wichtig. Doch daran dachte ich damals nicht. An einem Tag im Frühjahr fiel mir aber der Kohlrabi auf, den die Mutter voll Stolz aus der Erde zog. Gartenarbeit lag ihr nämlich nicht sehr, wie sie sagte, und so bereitete ihr so eine Ernte stolze Genugtuung. Kohlrabi war auch das einzige Gemüse, das ich gerne aß. Nämlich roh. Gekochtes Gemüse dagegen schmeckte nicht. Heute weiß ich auch warum. Es schwamm in einer Mehlschwitze.

Von den Schrebergärten bog die Straße rechts ab und führte weiter am Habichtswald entlang zur Bushaltestelle am Gladower Damm. Den konnte man überqueren und durch ein Buschgelände zur Havel gehen. Da war der Anlegesteg für die Schiffe. Es gibt ein Foto, wie der Vater in Uniform, mit der Pfeife im Mund, auf dem Landungssteg steht. Und links vor dem Steg war ein Badeplatz. Eine sandige und grasige Uferlichtung im Buschwerk. Mindestens einmal war ich dort mit meinen Eltern im Wasser. Das war am Ufer seicht genug für mich.

Ging die Mutter mit mir aber nach Überquerung des Gladower Damms nach rechts und das Havel-Buschwerk entlang Richtung Gatow, kamen wir zum Fliegerhorst, wo mein Vater Dienst tat. Wir hätten die Kaserne auch über den abkürzenden Feldweg vom Platz vor unserem Wohnhaus aus erreichen können, den der Vater mittags nach Hause nahm, doch meistens gingen wir die Straße entlang der Havel.

Auf einen Foto ist zu sehen, wie ich mit meiner Mutter auf der Straße Richtung Gatow gehe. Sie trägt Hut und ein elegantes Kostüm, ich habe den zusammengeklappten Schirm in der Hand. Zum Fliegerhorst kamen wir schon nach ein paar Minuten. Wir überquerten die Straße und gingen durch ein großes, weit gewölbtes Tor in einem flachen, lang hingezogenen Gebäude. Und nach Passieren des Tores und der militärischen Kontrolle standen wir auf einem schmalen Platz vor verschiedenen kleineren Gebäuden. In einem hatte der Vater ein eigenes Zimmer. Ebenerdig, wie auf einem Foto zu sehen ist, mit Bett und Hund. Es war ein halbhoher Hund mit weißem gelocktem Fell und dunklen Flecken, wahrscheinlich ein Foxterrier. Ich kann mich nicht erinnern, dass der Hund in unserer Wohnung ein Bettchen oder Körbchen gehabt hätte. Einmal brachte ihn der Vater mit nach Hause. Ansonsten schlief das Tier wohl in der Kaserne. Was mit ihm geschah, als der Vater an die Front ging, um gegen England zu fliegen, weiß ich nicht.

Wenn ich dann wieder mit der Mutter nach Hause kam, war das Zentrum meines Alltagslebens nicht etwa das Kinderzimmer, sondern die Küche. Hier hantierte die Mutter, hier wurde das Tagwerk vollbracht, war immer etwas los. Und hier machte die Mutter auf dem Küchentisch Vanillebonbons für mich. Aus Mehl, Milch, Butter und Vanillezucker knetete sie einen Teig, den formte sie zu runden Würsten, aus denen sie etwa einen Zentimeter hohe runde Plätzchen schnitt, in deren Oberfläche sie mit den Zinken einer Gabel vier schmuckvolle Rillen ritzte. Diese Bonbons schmeckten wirklich gut. Dagegen schmeckte der Suppenlöffel Lebertran, den ich jeden Tag aus einer großen durchsichtigen Glasflasche bekam, einfach scheußlich.

In der Rückschau und im Vergleich zu unseren heutigen Lebensverhältnissen fällt mir auf, dass ich mich an keinen einzigen Besucher in unserer Berliner Wohnung erinnern kann. Und zu anderen Leuten wurde ich von meinen Eltern kaum einmal mitgenommen, abgesehen von Axels Eltern, die an dem runden Platz in einem der Häuser gegenüber von uns wohnten, und den Besuchen bei Mutters Freundin Gretel.

Auch im Haus, in dem wir wohnten, hatten wir nach meiner Erinnerung kaum Kontakte zu anderen Familien. Ich kann mich nur an einen Besuch bei

Paula erinnern, die einen Stock über uns wohnte. Paula war eine schlanke junge Frau, ziemlich groß und dunkelhaarig. Wahrscheinlich war sie Gymnastiklehrerin. Darauf komme ich, weil ich noch ein anderes Bild von ihr im Kopf habe. Da steht sie, ein Tamburin in der Hand, in einer Turnhalle, ich sitze an der Wand auf einer Bank, und meine Mutter steht in einer Reihe von Frauen am Ende der Halle und macht Gymnastik. Kinder hatte Paula wohl keine, und ob sie einen Mann hatte, weiß ich nicht. Es war kein Mann da, als wir bei ihr zu Besuch waren. Das bedeutete damals aber nicht viel. Es war ja Krieg. Und mein Vater war auch nicht da.

Von den anderen Parteien im Mietshaus kann ich mich nur noch an das Ehepaar Heinzle erinnern, das im Parterre unter uns wohnte. Von der Frau habe ich keine Vorstellung, abgesehen davon, dass es sie gab. Der Mann hatte eine gedrungene Gestalt, verhältnismäßig dichte graue Haare und ein faltiges Gesicht. Einmal ging er mit mir auf Wildschweinjagd, mit einem großen Messer, das er aus der Küche geholt hatte. Im Habichtswald suchten wir nach Wildschweinspuren. Wir fanden keine, dafür aber Reifenspuren in den vom Regen aufgewühlten Waldwegen. Und als wir auf der anderen Seite des Waldes, die Bäume hinter uns lassend, im hellen Sonnenlicht auf eine weite Wiese traten, hatten wir einen eigenartigen metallenen Hügel vor uns, der aus einer Masse großer, übereinander geschichteter Kugeln bestand. Das sei eine Scheinwerferbatterie gewesen, meinte mein Vater nach dem Krieg, die anfliegende feindliche Flugzeuge in ihren Lichtstrahlen fangen sollte.

Es gibt wohl ein Bündel von Gründen, dass ich mich an so wenige Besuchskontakte der Eltern in meinen frühen Berliner Jahren erinnern kann. Wahrscheinlich war ich schon im Bett, wenn Besuch zu uns kam. Und umgekehrt war ich noch zu klein, als dass die Eltern mich hätten mitnehmen können, wenn sie zu anderen, nicht ganz so eng befreundeten Leuten gingen. Dazu kommt, dass die Angst vor den abendlichen Fliegerangriffen wohl dazu führte, dass man sich zunehmend in den eigenen vier Wänden, bzw. im Keller einmauerte.

Unter den flüchtigen und vereinzelten Erinnerungsbildern meiner frühen Berliner Kindheit gibt es eigenartiger Weise nur ein einziges von einem Ausflug, den meine Mutter mit mir unternommen hat. Dabei war sie, wie mir Tante Hilda lang nach dem Krieg erzählte, sehr oft mit mir in der Umgebung und der reizvollen Havellandschaft unterwegs, besonders auf der Halbinsel Werder, auf der es vor allem zur Frühjahrsblüte sehr schön sein soll.

Auf dieser Halbinsel war ich vor ein paar Jahren mit einer ehemaligen Studentin, die ich in Potsdam besuchte. Sie kaufte Fisch, und da erinnerte ich mich: der große gepflasterte Platz, die niederen Klinkerhäuser rundum, der hohe und breitgeästete Baum am Rande des Platzes und unter dem Baum ein Autobus. Meine Mutter steigt mit mir ein, wir setzen uns etwa in die vierte oder fünfte Sitzreihe. Der Bus ist nur spärlich besetzt. Der Fahrer steigt ein und dreht den Zündschlüssel. Da schlägt eine mächtige Stichflamme hinter dem Lenkrad hoch. Wir steigen aus, vorne und an den züngelnden Flammen vorbei. Und als wir später in den Ersatzbus steigen, fällt mir die vom Feuer trüb gewordene Windschutzscheibe des Busses auf, der uns ursprünglich zur Station Habichtswald hätte zurückbringen sollen und nun unter dem mächtigen Baum am Rand des Platzes abgestellt war.

Dass ich auf der Rückfahrt überlegte, ob dieser Motorbrand mit dem Krieg zusammenhing, in dem wir lebten, deutet darauf hin, dass dieser Ausflug auf die Halbinsel Werder erst später erfolgte, als ich schon ein gewisses Bewusstsein von den Gefahren des Bombenkrieges hatte. Wahrscheinlich werden alle meine frühen Erinnerungen mehr von Gefahrensituationen und außerordentlichen Ereignissen gespeist als von alltäglichen Geschehnissen.

Genrebilder von Wien

Wie oft und wie lange ich in meinen ersten Lebensjahren mit der Mutter in Wien war, weiß ich nicht. Ich weiß nur, es war oft und hing, abgesehen von den kriegsbedingten Gründen, auch mit Arztbesuchen der Mutter zusammen.

Von meinem Wiener Wohnumfeld hatte ich nie einen so umfassenden Eindruck wie von jenem in Berlin. Das hat plausible Gründe. Ich konnte die Wohnung der Pratis, die in Wien unser Zuhause war, alleine nicht verlassen. Und wenn ich mit Eltern oder Großeltern unterwegs war, fuhren wir mit öffentlichen Verkehrsmitteln (Stadtbahn, Straßenbahn), und ich bekam den Streckenverlauf nicht mit.

Es gibt hier allerdings zwei Ausnahmen, und das waren die Wegstrecken zu Oma und Opa Scheiner und die nach Schönbrunn. Diese Wege muss ich so oft gefahren oder gegangen sein, dass ich ihre Bewältigung, ohne konkrete Bilder von den Wegen und Fahrten gespeichert zu haben, wie abstrakte Mechanismen verinnerlichte und sie nach dem Krieg ohne jede Nachfrage aus meinem Gedächtnis abrufen konnte.

Dabei habe ich allerdings noch die Erinnerung an ein konkretes Erlebnis im Kopf, das ich bei meinen sicher sehr zahlreichen Spaziergängen durch Schönbrunn hatte: Ich gehe mit meinen Eltern durch die Hauptallee auf das Hietzinger Tor zu. Vor dem Tor laufe ich davon und verstecke mich in einem steinernen Wächterhäuschen, das heute noch dort steht, und ein fremder Mann stellt sich vor mich und verdeckt mit dem ausgebreiteten Staubmantel den Blick auf Weg und Eltern. Ich erschrak gewaltig.

Diese Erinnerung gehört zu einem Knäuel vielfältiger bunter, zusammenhangloser, aber konkreter Einzelbilder meiner ersten Wiener Jahre, die ich nun nach einer Zeitschiene logisch zu ordnen suche. Als erstes

schält sich aus diesem Bilderknäuel der Anblick eines vom Boden hoch aufragenden Lichterbaumes heraus, eines Weihnachtsbaumes. Heiter und verspielt wirkte er, wie er da hinter der hohen breiten Flügeltür stand, durch die es vom Wohnzimmer ins Schlafzimmer der Pratis ging, und war sehr bunt. Vor allem seine vielen roten Kugeln machten Eindruck auf mich. Dieses Bild eines kunterbunten und wenig geordneten Lichterbaumes mit brennenden, leicht flackernden Kerzen ist meine früheste Erinnerung an Wien, wahrscheinlich meine früheste überhaupt. Ich war damals gerade noch zwei Jahre alt.

Das schließe ich aus dem zeitlichen Zusammenhang mit meiner nächsten Wiener Erinnerung, die an meinen dritten Geburtstag. Den feierte ich bei den Pratis im Kabinett hinter der Küche, und ich bekam von Opa Prati ein Glas Himbeersaft. Damals ein sehr wertvolles Geschenk, das man nicht so leicht vergisst. An die Gegenwart der Mutter bei dieser Geburtstagsfeier kann ich mich nicht erinnern, während ich das dunkle Gefühl habe, dass sie wie ein Schatten hinter mir stand, als ich auf den schönen hohen Lichterbaum schaute.

Mit meinem dritten Geburtstag dürfte auch der Praterbesuch mit den Großeltern zusammenhängen. Das Wetter war trübe, eigentlich gar kein Praterwetter. Ich trug einen dicken schwarzen, doppelreihig geknöpften Mantel mit weißem Kragen und erinnere mich an Ameise und Pepi, wie sie mir vom Rand eines Ringelspiels aus zuwinken. Beide haben lange Mäntel an. Ameise mit Pelzbesatz am Kragen, und auch hier ist die Mutter nicht dabei.

Wahrscheinlich war sie damals im Krankenhaus. Vom Vater weiß ich jedenfalls, dass sie während des Krieges in Wien im Krankenhaus war, und zwar nicht nur einmal.

Die Folgen des Praterbesuches waren ziemlich heftig. Ich bekam Husten und Fieber. Der Grund sei, dass ich mich erkältet habe, weil mein Mantel im Prater offen gewesen sei, sagten meine Großeltern. Diese Begründung hat sich mir genau eingeprägt. Die nächsten Ereignisse sind mir aber entfallen, ich muss sie nach späteren Erzählungen der Mutter rekonstruieren und in logischem Ermessen dem Praterbesuch zuordnen: Ich bekam eine gehörige Lungenentzündung. Ohne Antibiotika, die es im Krieg nicht gab, eine lebensgefährliche Erkrankung. Ich überstand die Krise bei sehr hohem Fieber, und aus der Art, wie die Mutter davon erzählte, schließe ich, dass sie zur Zeit des Höhepunktes meiner Erkrankung wieder bei mir war.

Ich war nach überstandener Krise wieder auf dem Weg der Besserung, als uns Vaters Bruder Karl besuchte. Mit diesem Ereignis setzen wieder meine eigenen Erinnerungen ein. Ich lag im Gitterbett im Kabinett und hatte gerade mal wieder erbrochen, da kam er, groß und strahlend, durch das Wohnzimmer auf mich zu.

Als ich dann so weit genesen war, dass ich das Bett verlassen konnte, stand auf einmal mein Vater bei den Pratis in der Tür. Er war in Uniform. Schräg saß ihm die Schirmmütze mit dem Fliegerabzeichen auf dem Kopf. Und er trug einen weiten ärmellosen Umhang. Heute würde man sagen: eine Pelerine. Die wahrscheinlich stürmische Begrüßung der Eltern habe ich vergessen, doch die anschließende Frage der Mutter weiß ich genau, weil ich sie nicht verstand: „Wie geht´s an der Front?"

Ich schließe aus der Frage, dass der Vater damals schon seinen Dienst als Fluglehrer in Gatow quittiert und sich an die Front gemeldet hatte, als Bomberpilot in den Geschwadern, die gegen England flogen. Wenn das Zeitgerüst stimmt, in dem ich meine Erinnerungen einordne, hatte er damals den Terror-Angriff auf Coventry geflogen, der den Piloten befohlen worden war, nachdem sie in einer Besichtigungstour durch die Verwüstungen geführt worden waren, die die englische Bombardierung der Möhnetalsperre verursacht hatte. Ziemlich erschüttert erzählte der Vater nach dem Krieg einmal von dem Angriff und der Angst der Menschen, die zwischen eingestürzten Häusern, Bombentrichtern und umgestürzten Straßenbahnen fliehend umherirrten.

Von solchen Gedanken war ich damals allerdings weit entfernt. Mir imponierte nur der ärmellose Umhang des Vaters, und ich wollte auch so schick sein, warf mir ein Geschirrtuch über die Schulter und zog damit breitbeinig als streitbarer Krieger durch die Wohnung.

Wahrscheinlich hatte der Vater damals Fronturlaub und fuhr nach dem Besuch bei den Pratis und wohl auch bei seinen Eltern mit der Mutter und mir im Schlafwagen nach Berlin. Es könnte die schon erwähnte Zugfahrt gewesen sein, während der wir in Ulm wegen eines Fliegerangriffs längeren Aufenthalt hatten.

Bei dem Versuch, einen Überblick über die weitere Abfolge der erinnerten Ereignisse zu gewinnen, komme ich zu einer erstaunlichen Feststellung: Der Vater musste bald wieder an die Front, die Mutter mit mir gleich im Sommer wieder nach Wien gefahren sein. Das ist schon bemerkenswert. Denn die Fahrt von Berlin nach Wien ist doch recht weit und muss auch teuer gewesen sein. Die Sicherheit vor Bombenangriffen war den Preis wohl wert.

Jedenfalls ist mir noch heute ein Bild im Bewusstsein, wie die Mutter mit mir im warmen Sommersonnenschein zu einem Wiener Fotografen geht, der sein Atelier in der Hadikgasse hat, in einer größeren Villa gegenüber der Wien. Wir stehen vor dem schmiedeeisernen Tor des Vorgartens der Villa, durch den es zum Fotoatelier geht, als ich partout nicht weitergehen will und die Mutter dazu bringe, mir zu erklären, dass Fotografieren etwas anderes sei als ein Arztbesuch und daher auch nicht weh tue. Nach den erlebten Impfungen war das damals sehr wichtig für mich.

Ob bei diesem Fotografenbesuch auch das Farbfoto von Fini und mir gemacht wurde, das jahrelang in unserem Wohnzimmer hing, weiß ich nicht. (Ein Farbfoto ist es nur bedingt, in Wirklichkeit ist es eine per Hand mit Farbe retuschierte Schwarz-Weiß-Fotografie.) Fini trägt auf dem Bild einen dunkelgrünen Strickpullover mit weißem Kragen, den ich auch nach dem Krieg an ihr gesehen habe. Genauer erinnere ich mich an eine andere Aufnahme, die damals ganz sicher von mir gemacht wurde. Ich stehe da in kurzen Hosen mit einem Strohhut auf dem Kopf und einem größeren Gummiball zwischen den Beinen. Das Schwarz-Weiß-Foto klebt heute in einem unserer älteren Alben.

Den Ball hatte ich nicht selbst mitgebracht, er wurde mir vom Fotografen für die Aufnahme zwischen die Beine gelegt, offenbar weil er als Bildmotiv Bedeutung für mich hatte. „Bai, Bai!" soll ich begeistert gerufen haben, wenn ich irgendwo unterwegs Kinder sah, die mit einem Ball spielten. Das hörte ich von den Eltern öfter, als ich nach einigen Jahren Torhüter der Jugendmannschaft eines Fußballvereins wurde.

Ich war den Umgang mit Kindern nicht gewohnt. Daran änderten auch die Straßenspielkontakte in Berlin und die Geburt meines Cousins Ralf, genannt

Ralfi, nichts. Er war der Sohn von Tante Hilda, Mutters Schwester, und für mich einfach zu jung. Eineinhalb Jahre jünger war er.

Tante Hilda hatte damals eine eigene Wohnung in der Penzinger Straße bei einer alten, weißhaarigen Dame, die wir Tante Usti nannten. Wahrscheinlich wohnte Hilda zur Untermiete. Die düsteren schwarzen Möbel, die da herumstanden, passten einfach nicht zu ihr. Sie wohnte nicht weit weg von der Nisselgasse, die auf der einen Seite in die Penzinger Straße mündet, auf der anderen in die Hadikgasse. Sie kam fast täglich bei ihren Eltern zu Besuch. Zumindest war das so, wenn ich mit der Mutter dort war. Deshalb stand im großen Vorzimmer der Pratis auch eine Wickelkommode für Ralfi.

Den trugen die Erwachsenen immer wieder herum, und das wollte ich auch mal tun. Also hob ich ihn von der Kommode herunter. Doch war er viel schwerer als ich gedacht hatte und fiel mir auf den Boden. Er schrie, und ein großer dicker Blutstrahl schoss aus seinem Mund. Das sei fast ein Brudermord gewesen, wie bei Kain und Abel, sagte Tante Hilda später. Vielleicht etwas übertrieben, aber typisch für sie. Jedenfalls sah Ralfi etwas später schon ganz munter aus dem Gitterbett, trotz seiner aufgeworfenen, verkrusteten Lippen. Was sollte ich nur mit ihm anfangen, da ich ihn doch nicht einmal tragen konnte?

Mutter und Großeltern dürften damals besorgt gewesen sein, dass ich zu wenige soziale Kontakte hatte. So sprachen sie natürlich nicht, eher sagte der Großvater: Der Bub braucht andere Kinder. So ein Kind wohnte im Stock über der Wohnung der Pratis. Das war die Susi, etwa so alt wie ich. Einmal spielte ich auch mit ihr in ihrer Wohnung. Doch sonst hatte ich kaum weiteren Kontakt mit ihr. Bis auf einen, und das war der Höhepunkt unserer Beziehung: Ich war neidisch, weil sie so schöne rote Schuhe bekommen hatte und ich nur beige, und ich wollte auch so schöne rote haben und quengelte ohne Unterlass. Doch das half nichts. Ich bekam keine anderen Schuhe und in Wien auch keine weiteren Kontakte zu Kindern.

So war in der Zeit, die ich in Wien verbachte, meine liebste Beschäftigung, auf einem Schemel vor dem rechten Wohnzimmerfenster der Pratis zu stehen, mich über das Polster zwischen den geöffneten Fensterscheiben zu beugen und auf die Nisselgasse hinunter zu schauen. Da konnte ich auf das bunte Nebeneinander der vielen kleinen Kaufläden sehen, auf die Kunden, die von einem Geschäft zum anderen gingen, und auf die Flanierer, die behäbig herumschlenderten. Wegen der vielen und rasch wechselnden Bilder, die ich da sah, war die Straße sehr anregend für mich, und gerne rief ich auch etwas hinunter und ließ Papierfetzen auf das Straßenpflaster flattern.

Als die Mutter einmal die Lebensmittelmarken suchte und mich danach fragte, sagte ich fröhlich: „Auf die Gasse fliegen lassen." Dass ich dafür Schläge bekam, verstand ich nicht so recht. Zumal sich die Marken später wieder fanden. Und als ich die Mutter darauf hinwies, mich umsonst verhauen zu haben, meinte sie, sie habe es getan, weil ich gelogen habe; ich hätte die Marken ja gar nicht aus dem Fenster geworfen. Eine Logik, die mir nicht ganz einleuchten wollte.

Mit diesen Blicken durch das Fenster auf die Nisselgasse hinunter beginnen sich meine Erinnerungen an das Wien der Kriegszeit zu stabilisieren. Denn neben den wechselnden Anregungen auf der Straße bot dieser Fensterblick auch Bleibendes. Das waren der Fensterrahmen, die Tiefe vom ersten Stock bis hinunter zum Straßenpflaster, die Häuser, die Läden, die Leute, die sowohl als Einzelne wahrzunehmen waren wie auch als Masse und in ihren verschiedenen Tätigkeiten und Funktionen verallgemeinert werden konnten. Und dann waren da die Ö-Autos, die dröhnend durch die enge Gasse fuhren. Das waren Autos mit drei Rädern, zwei hinten, eines vorne, die ich wegen ihres eigenartigen hohlen Fahrtones so nannte. Und einmal radelten auch die Hitlerjungen in ihren braunschwarzen Klamotten auf dem Trottoir durch die Gasse, auf Fahrrädern mit Anhängern, in denen sie irgendwelches Gerät transportierten und dann und wann auch einen anderen Hitlerjungen mit wohl

höherer Charge. So nannten die Großeltern diese Buben.

Sirenengeheul über sicheren oder unsicheren Kellern

Ich lernte viel in diesen Jahren, vor allem lernte ich zu unterscheiden: Tag und Nacht und Alt und Jung und Mann und Frau. Auch ein Mädchen konnte ich von einem Jungen unterscheiden. Mädchen hätten keinen Zwickel, sagte ich und verstand nicht, warum die Eltern darauf so komisch lachten. So ein dreieckiger Einsatz zwischen den Hosenbeinen war doch ein Zwickel, hatte ich gelernt. Und Uniform unterschied ich von Zivilkleidung, Tannenbaum vom Laubbaum, Vogelzwitschern vom Kuckuck im Radio, amputiertes von ganzem Bein, Ruine von intaktem Haus. Vor allem aber lernte ich, zwischen sicheren und unsicheren Kellern zu unterscheiden. Sicher war der Luftschutzkeller in Berlin, unsicher der Keller in Wien. Eine wichtige Erkenntnis, die ich aus dem Krieg zog und aus dem Umstand, dass mit der Intensivierung des Bombenkrieges der Engländer gegen Berlin der Keller zu einem immer wichtigeren Aufenthaltsort für mich wurde, wichtiger als die Küche.

In den Keller stieg man anfangs in der Regel nachts, nachdem der Kuckuck im Radio und der durchdringende Heulton der Sirene den Anflug feindlicher Flugzeuge signalisiert hatten. Schweigend stieg man durchs dunkle Stiegenhaus nach unten. Die Mutter oder, wenn er da war, der Vater trug den kleinen Koffer mit den nötigsten Habseligkeiten und den Papieren. Aus den Wohnungstüren im Stiegenhaus kamen andere, nur verschwommen sichtbare, schattenhafte und stille Gestalten dazu, während von außen meist schon das bedrückende Brummen von Flugzeugen zu hören war und das Zischen von Geschossen.

Ich habe viele, sehr viele solche Abstiege in den Keller erlebt. Doch kann ich für alle nur dieses eine, immer gleichbleibende Bild in mir aufrufen. Eine lange Reihe immer ähnlicher Erinnerungen ist zu einer einzigen anschaulichen und bedrückenden Vorstellung geronnen.

Der Keller war ein echter Luftschutzkeller und sicher. So sagten die Erwachsenen, und das hörte ich gern. Decke und Wände waren weiß gekalkt, die schmalen Fensterluken dicht unter der Decke waren schwarz und hatten Gitter vor den geschlossenen Scheiben. Von der Mitte der Decke hing in einem länglichen tütenförmigen Schirm eine spärliches Licht verbreitende Glühbirne. Der glatte steinerne Fußboden war wohl eine Betonplatte, und wenn ich es recht überlege, waren auch Wände und Decke aus Beton, der unter dem weißen Kalkanstrich nicht sichtbar war. Der ganze Keller wirkte ziemlich fest.

Als sicher galt er aber bei den Erwachsenen, weil er zwei Ein- oder Ausgänge hatte. In der Wand gegenüber dem Eingang, durch den wir vom Stiegenhaus kamen, war eine zweite Tür, durch die man über eine Treppe an den Rand des Platzes vor dem Haus kam. Sollte der Keller nach einem Bombentreffer verschüttet werden, war aller Wahrscheinlichkeit nach die Tür zum Stiegenhaus, durch die wir immer kamen, vom Schutt des in sich zusammengestürzten Hauses blockiert und nicht mehr zugänglich. Dann blieb immer noch der andere Ausgang als zweite Rettungsmöglichkeit.

Wie wichtig der zweite Kellerausgang war, begriff ich sehr schnell, und deshalb hatte ich im Keller auch keine Angst. Angst hatte ich vor dem fürchterlichen Heulton der Sirene. Wie mir die Eltern gesagt hatten, war sie auf dem Dach des Hauses, auf das ich über den Platz vor unserem Wohnhaus hinweg vom Balkon oder vom Fenster meines Kinderzimmers aus sehen konnte. Der markanteste Anblick auf dem Hausdach war ein graues kastenförmiges Gebilde, ungefähr so groß wie heute eine Garage. Diesen grauen Kasten hielt ich für die Sirene. Heute glaube ich, dass darin die Flak verborgen war, deren Geschoßdonner ich immer nach dem Fliegeralarm hörte, wenn es in den Keller hinunter ging. Die Sirene dürfte das kleine runde Ding daneben gewesen sein. So hatte es mir auch einmal die Mutter erklärt. Doch das wollte ich nicht glauben. So ein kleines Ding und so ein fürchterlicher Heulton und so große Angst! Das ging mir nicht in den Kopf.

Dieses Heulen bedeutete eine unheimliche Bedrohung. Es war verbunden mit den sich nähernden dunklen Motorgeräuschen der Flugzeuge am Himmel, mit dem Abstieg in den Keller zusammen mit schweigenden und angstgequälten Leuten, dem Einsetzen einer Folge knallender, bellender, sausender, immer lauter werdender, ganz fürchterlicher Geräusche um uns herum. Und Zentrum dieses undefinierbaren, aber gefährlichen Geräuschinfernos war die Sirene. Meine Angst vor ihr muss beträchtlich gewesen sein. Ich mag diesen Heulton bis heute nicht hören. Als ich ein Jahr nach Kriegsende bei den Großeltern in Wien war und Samstagmittag auf dem Klo die Feierabendsirene hörte, kroch ich pinkelnd auf allen Vieren und lauthals schreiend durch das Vorzimmer zur Mutter.

Ich glaube heute, dieses Wiener Sirenenerlebnis nach dem Krieg war so einschneidend, weil damals die Berliner Kriegsangst, die ich so lange in mir getragen hatte, aus mir heraus kam. In Berlin wollte ich doch ein Junge sein, der mutig durchs Leben ging. Das heißt, ob ich das wirklich wollte, weiß ich gar nicht so genau, genau weiß ich, dass es der Vater so wollte. Und so kam es, dass ich lernte, alle möglichen

Ängste einfach in mir zu unterdrücken. Das geht zunächst ganz gut, führt aber mit der Zeit zu Verhaltensauffälligkeiten, in denen sich die zurückgehaltenen Gefühle Luft machen. Bei mir zeigten sich diese Unterdrückungsmechanismen damals darin, dass ich in der Nacht ständig aus dem Bett fiel.

Ich hätte in Berlin sehr unruhig geschlafen, sagte meine Mutter nach dem Krieg. Eine Szene des Bilderbuches, das mein Vater für mich zum Weihnachtsfest 1944 gemacht hatte, scheint das zu bestätigen: Ich falle aus einem weiß lackierten Bett auf einen weißen Bettvorleger. Und ich erinnere mich tatsächlich auch an eine ganze Reihe solcher Szenen. Dennoch war ich lange Zeit der Meinung, die Bombenflugzeuge der Alliierten seien jeden Abend gekommen und ich hätte immer im Keller, nie in meinem Kinderzimmer geschlafen.

Das ist ein Widerspruch. Die allabendlichen Fliegerangriffe habe ich erst in meiner letzten Zeit in Berlin erlebt, und die Erinnerungsbilder, wie ich aus meinem Bett im Kinderzimmer falle, beziehen sich auf die Jahre davor, in denen die Flugzeuge der Alliierten nicht jeden Abend nach Berlin kamen. An den Abenden ohne Bombenwarnungen griff das häusliche Einschlafritual: Ich wurde im Kinderzimmer ins Bett gebracht, Vater oder Mutter machten das Licht aus und ließen die Tür einen Spalt breit offen, so dass ich das Licht im Vorzimmer sehen konnte und einschlief. Und morgens wachte ich auf dem weißen Bettvorleger auf, wenn ich nicht in der Nacht aus dem Schlaf in den Keller geholt worden war. Wahrscheinlich war es die Angst vor der Sirene, die mich aus dem Bett gerollt hatte.

Vor so einer Angst war ich in den ersten Kriegsjahren in Wien gefeit. Bis ich sie auch da hörte. Es war derselbe Ton wie in Berlin, wenn auch nicht so eindringend und laut. Denn die Wiener Sirene war einigermaßen weit entfernt von der Wohnung der Pratis, bei denen wir wieder mal zu Besuch waren. Deshalb hatte ich auch nicht so viel Angst wie in Berlin. Vielleicht war ich aber auch deshalb so gefasst, weil die Sirene am helllichten Tag ertönte und nicht, wie in Berlin, in der Nacht.

Das hatte seine Gründe. Die Amerikaner waren in Italien gelandet, und ihre Flugzeuge konnten nun von den italienischen Flugplätzen aus Wien erreichen. Da sie dabei die Alpen überqueren und auf Sicht fliegen mussten, kamen sie am Tag. Das kümmerte mich damals allerdings nicht. Was mich beeindruckte und sich bis heute in mir festgesetzt hat, ist dieser dumpfe und modrige Kellergeruch, der uns umfing, wenn wir nach dem Ertönen der Sirene über die breite steinerne Treppe abwärts stiegen. Noch Jahrzehnte nach dem Krieg, wenn ich das Haus in der

Nisselgasse betrat, um meine Tante oder meinen Cousin zu besuchen, assoziierte ich angstvolle Kellerabstiege im Krieg mit dem nach wie vor muffigen Geruch im Stiegenhaus.

Und die Angst hatte ihre Berechtigung. Denn das erkannte ich sofort, dieser Keller, in den wir in Wien kamen, war nicht sicher. Es war ein simpler Kohlenkeller, ein Bretterverschlag, angefüllt mit Gerümpel und eben mit Kohle. Durch ein schmales Fenster konnte ich dicht über den Pflastersteinen auf die menschenleere Straße hinaussehen, während oben am Himmel die Flugzeuge brummten. Dieser Keller war nicht sicher, weil er ein offenes Fenster zur Straße und keinen zweiten Ausgang hatte. Außerdem waren die Wände aus blankem Stein ohne jeden Verputz. Das wirkte auf mich nicht sehr stabil, und wenn das Haus nach einem Bombentreffer über uns zusammenstürzte, waren wir verschüttet. Ich wusste zwar nicht, wie das war, wenn man verschüttet wurde, ich konnte aber gut die Keller in Berlin und in Wien vergleichen.

Und so stellte ich nach einem nächsten Besuch in Wien mit Befriedigung fest, dass wir nach Ertönen der Sirene nicht mehr in den primitiven Kohlenkeller gingen, sondern durch eine sehr stabile Türe vom Keller des Hauses in der Nisselgasse in den Keller des

Nachbarhauses in der Hadikgasse. In der Zwischen-
zeit, als wir wieder in Berlin gewesen waren, hatte
man diesen Zugang von einem Keller in den anderen
aufgemacht. Und dieser Keller wirkte für mich doch
ein wenig sicherer. Er hatte zwar keinen zweiten
Ausgang, aber er war größer als der Kohlenkeller der
Pratis, und seine Decke und die Wände waren weiß
gekalkt. Hier saßen eine Menge Leute, die auf das
Brummen der Flugzeuge hoch über uns am Himmel
hörten.

Der Pepi in Wien

Als ich einmal in Wien nach einem Fliegerangriff aus dem Keller kam – ich weiß nicht mehr, ob aus dem Kohlenkeller oder dem Luftschutzkeller unter dem Nachbarhaus -, sah ich aus dem Wohnzimmerfenster dunkle, fast schwarze Rauchschwaden am wolkenlosen blauen Himmel über der Stadt. Das sah gespenstisch aus, und die unnatürliche Hektik, die Oma, Tante Hilda und die Mutter an den Tag legten, wirkte recht sonderbar. Die Flugzeuge hätten das Hauptzollamt am Rand der Innenstadt bombardiert, hieß es. Es habe Tote und Verletzte gegeben, und der Opa, der dort arbeitete, sei verschüttet worden. Ich kann nicht sagen, wie uns diese Nachricht erreichte. Denn Telefon gab es keines. Hiobsbotschaften scheinen sich im Krieg rasch zu verbreiten.

Wir besuchten den Opa dann im Lazarett. Bett neben Bett stand an den beiden Längsseiten des großen Krankensaals. Zwischen den in die Raummitte ragenden Betten blieb nur ein schmaler Weg. Fast am Ende der rechten Reihe fanden wir ihn. Sein vergipster rechter Arm wurde durch eine Schlinge, die am Galgen über dem Bett befestigt war, hoch gehalten. Er sah sehr klein aus und sehr blass.

So wirkte er aber nur im Krankenhausbett. Zu Hause war er ein rüstiger und leutseliger Mann, der gern Besuch hatte und gern lachte. Nur wenn Partei war, wie die Pratis diese seltsamen Männer-Zusammenkünfte nannten, war er etwas förmlich. Die meisten Männer, die zur Partei kamen, kannte ich nicht. Sie versammelten sich bei Opa Pepi im Wohnzimmer, dann wurde die Tür zugemacht, und ich musste draußen bleiben, entweder im Vorzimmer oder bei den Frauen in der Küche. Was diese Zusammenkünfte sollten, weiß ich nicht. Ich vermute nur, dass sich da Freunde aus der vaterländisch-österreichischen Zeit vor dem Anschluss trafen, und wenn es tatsächlich so war, wurde da nicht sehr staatstragend politisiert.

Partei wurden die Zusammenkünfte vielleicht genannt, damit der Hausmeister, der Nosch hieß und im Parterre wohnte, den Anschein gewann, es handle sich um Gruppierungen der NSDAP, die da zusammenkamen. Hausmeister waren eine Macht im Dritten Reich, typisch für totalitäre Gesellschaftsformen, die ihre Stabilität aus dem Aufstiegselan der unteren Schichten ziehen. Und mit solchen Leuten muss man vorsichtig umgehen, um nicht durch Hinterlist und Verrat auf irgendeine Abschussliste zu geraten. Mit dem Nationalsozialismus und dem, was damals offiziell Partei genannt wurde, hatte der Pepi nämlich wirklich nichts zu tun. Und wenn alle diese Vermutungen zutreffen, belegen sie, wie souverän und spielerisch die Pratis mit Sprache umgehen konnten. Ein Vermögen, das ich eigentlich meinem Vater und der Scheiner-Familie zugeordnet hätte. Doch die Scheiners waren wohl zu gradlinig und zu ernst für so ein schauspielerisches Verhalten.

Jedenfalls liebte der Pepi alles Spielerische und das Theater, besonders wenn er es selber spielte. Das war der Fall, wenn er Vorstellungen seines Papiertheaters gab. Dann holte er die handliche Bühne, einen höchstens einen halben Meter hohen stabilen Pappendeckelkasten, aus einem Regal im engen Seitengang des Vorzimmers und baute sie im Türstock zwischen Wohnzimmer und Schlafzimmer auf. Er stellte sie auf ein kleines Tischchen und verhängte den Türstock rundum mit Decken und Tüchern. Auf der den Zuschauern zugewandten Vorderseite zeigte der Pappkasten durch einen aufgeklebten bunten Ausschneidebogen das Abbild eines echten Miniaturtheaters. Ein roter Papiervorhang, der den schweren Faltenwurf von Samt- oder Brokatstoff nachzeichnete, verwehrte dem Publikum, das im Wohnzimmer dicht vor dem Papiertheater saß, zunächst den Blick durch die Öffnung in der oberen Hälfte des Theaterkastens. Wurde der Vorhang hochgezogen, sah man ins Bühnenhaus. Die hintere Begrenzung bildete der Bühnenprospekt, ein bunter Ausschneidebogen. Aus bunt bedruckter Pappe herausgeschnitten waren auch die drei Paare der Seitenkulissen, die rechts und links der Bühne in konisch aufeinander zulaufender Form angebracht waren. Das ergab die Tiefenwirkung einer Guckkastenbühne.

Wenn er das Papiertheater bespielte, stand der Pepi im Schlafzimmer und konnte durch die offene Oberseite des Theaterkastens auf die Bühne sehen. Dort bewegten sich die bunten Pappfiguren, die er mit beiden Händen durch eine Öffnung in der hinteren, dem Publikum abgewandten Seite des Theaters direkt unter dem Bühnenboden an runden Stäbchen führte. Um die Stäbchen waren die Vorderseite und die spiegelverkehrte Rückseite der aus bunten Ausschneidebögen geschnittenen Pappfiguren geklebt, die im Bühnenhaus agierten. Die unteren Enden der Stäbchen ragten durch Führungsrillen, die in den Boden des Bühnenhauses eingelassen waren, in die Unterbühne, wo sie von Opas Händen bewegt, sogar gedreht und gewendet werden konnten. In dieser Hinsicht unterschied sich Pepis Papiertheater, das wahrscheinlich aus Böhmen stammte, von seinem deutschen Pendant, das ich später so gerne gespielt habe und nur eine einseitige Figurenführung an Stäben zulässt, und zwar von beiden Seiten des Theaters.

Der Pepi spielte vor kleinem Zuschauerkreis mit vielfach verstellter Stimme, mit blinkenden Lichtern von der auf- und zugedrehten Stehlampe und rollendem Donner vom Scheppern einer Blechdose. Er spielte Hänsel und Gretel, der Wolf und die sieben Geißlein und schließlich auch den Verschwender von Ferdinand Raimund. Und ich saß staunend vor dem Theater und wollte auch so spielen und versuchte es auch, wenn der Pepi nicht da war. Die Ameise brachte mir dann den Bühnenkasten, und ich bewegte die Figuren in den Führungsrillen des Bodens des Bühnenhauses und versuchte, ihnen eigene, rollengemäße Stimmen zu geben.

Ob ich bei solchen Spielen einmal das Hintergrundbild eines Schlosses zerstört habe, weiß ich nicht mehr. Ich weiß aber, dass der Pepi einfach ein neues Schlossbild fertigte, eine ziemlich blasse Kreidezeichnung, die das Schloss Schönbrunn darstellte, das ich von den Spaziergängen mit den Eltern ganz gut kannte. Das gelbe Schloss im Vordergrund, dahinter der grüne Hügel mit der Gloriette, dem Aussichtstempel auf dem Hügelkamm. Seither glaubte ich lange, jedes Schloss müsse eine Gloriette haben, und war enttäuscht, wenn es nicht so war.

Das Papiertheater war damals lebendiger Bestandteil der Abendunterhaltung in gebildeten Kreisen. Die Figuren aus bunten Ausschneidebögen zeigten Abbilder bekannter und beliebter Schauspieler der großen Theater. So wurde einem breiten Publikum die Teilhabe an der bürgerlichen Kultur ermöglicht, und das war ein anderer Prozess als die distanzierte Aufnahme des Regietheaters heute.

Daneben wurde allerdings bei vielen Leuten schon das Radio zu einem wichtigen Unterhaltungsmedium. So z.B. für die Grosl, eine ältere Frau, die öfter bei den Pratis zu Besuch war. Ich erinnere mich noch an ihre schwarzen wallenden Kleider und ihre dunkle, hochragende pelzige Kappe. Wahrscheinlich war sie eine Verwandte der Ameise. Sie hörte gern Radio und soll einmal, wie Tante Hilda später erzählte, den Abspann eines sehr beliebten Sprechers gehört haben: „Und nun, meine Damen und Herren, drehen sie das Gas ab, machen Sie das Licht aus, und ich wünsche Ihnen eine gute Nacht." Und dann sagte er noch, weil er glaubte, der Sender sei bereits abgeschaltet: „Und jetzt leckt´s mich am Arsch." Die Grosl verschluckte sich fast, so regte sie sich auf: „Habt´s g´hört, was der zu mir g´sagt hat?" Ganz Wien sprach über den Sprecher, der dann auch entlassen, aber bald wieder eingestellt wurde, so beliebt war er.

Das Radio sagte dem Pepi weniger. Umso mehr aber die anderen Darstellenden Künste, wenn in ihren Darbietungen das Spiel, die Täuschung und der Schein gegenüber der Realität überwogen. So führte er mich auch zum ersten Mal in den Zirkus. Wir fuhren mit der Stadtbahn. Der Pepi und ich, allein. Die

Mutter und die Ameise waren nicht dabei. Und als wir auf den Sitzen im Zirkuszelt saßen, hatte ich Angst, dass ein Fliegeralarm die Vorstellung stören könnte. Doch das war nicht der Fall. Das Wetter war trüb, der Himmel wolkenverhangen, wie ich noch weiß, und so kamen die Flugzeuge nicht über die Alpen. Bald nahm mich die Vorstellung gefangen. Gegenwärtig ist mir immer noch dieses Bild eines Clowns, der vor einem schmalen Kasten steht mit einem Loch in der oberen Hälfte, aus dem er weißen Staub oder Mehl ins Gesicht geblasen bekommt. Auch glaube ich mich an einen Clown zu erinnern, der immer wieder vom Rücken eines Esels fällt. Das waren schlichte und lustige Unterbrechungen des Nacheinanders außergewöhnlicher Ereignisse, die mich durch ihre Absonderlichkeit eher beklommen machten.

Nach Pepis Naturell geurteilt, hätte er es auch sein müssen, der mich zum ersten Mal ins Kino führte. Doch so war es nicht. Es waren meine Mutter und die Tante Hilda, seine Töchter. Und so bleibt es eine unbestreitbare Tatsache, dass die Pratis in Wien - der Pepi und seine Töchter - die Impulsgeber meiner Liebe zum Theater waren, die später, nach dem Krieg, vom Vater in ernstere, tragisch gestimmte Bahnen gelenkt wurde.

Es gab zwei Kinos in der Nähe der Nisselgasse, das Parkkino auf der anderen Seite der Wien und das Schönbrunnkino gegenüber der Wohnung der Pratis. Die beiden Kinos gibt es immer noch, und zur Zeit meines Studiums in Wien habe ich sie oft aufgesucht. Das Parkkino dürfte im Krieg, als ich da meinen ersten Film sah, gerade erst aufgemacht haben. Denn seine Einrichtung sah wie ein Provisorium aus. Wir saßen auf Holzbänken ohne Rückenlehne, und die Reihe der Holzbänke war ziemlich schmal. Mit wem ich da saß, weiß ich nicht mehr genau, doch habe ich das Gefühl, es war meine Mutter. Genau weiß ich aber, dass vorne unter der Filmleinwand ein Mann Klavier spielte. An den Film, der gezeigt wurde, kann ich mich nur vage erinnern. Ich denke, es war der alte Stummfilm-Klassiker „Das Nibelungenlied". Der Film würde in die Kriegszeit damals passen. Da ich diesen Film aber später auch am Gymnasium in Bregenz gesehen habe, dürften die Bilder der beiden hasserfüllten Frauen, Brunhild und Krimhild, die ich im Kopf habe, nur Deckerinnerungen aus der Bregenzer Zeit sein.

Genau kann ich mich aber an den Titel des Films erinnern, den ich im Schönbrunnkino sah: Schneewittchen und die sieben Zwerge. Vor dem Film gab es eine Wochenschau, die Bilder von tapferen deutschen Soldaten zeigte. Es könnte sein, dass ich damals den Namen Rommel zum ersten Mal hörte. Das alles beeindruckte mich sehr: die Dunkelheit, die

Sitzreihen mit Rückenlehnen, die heldenhaften kriegerischen Handlungen, die von deutschen Männern, in der Wochenschau von einer markigen Stimme kommentiert, vollbracht wurden, die schöne Frau mit dem breitflächigen Gesicht, die von einer weiblichen Person neben mir mit den geflüsterten Worten „Das ist sie" begrüßt wurde. Da das einer bestimmten Person zugeflüstert war, muss ich mit mindestens zwei Erwachsenen im Kino und die Schauspielerin sehr bekannt gewesen sein. Wahrscheinlich war ich mit der Mutter und Tante Hilda im Kino. Und lange glaubte ich, die schöne Frau sei das Schneewittchen gewesen.

Zu der Zeit wurde aber der Zeichentrickfilm „Schneewittchen" von Walt Disney gespielt. Die Spielfilm-Szene mit der schönen Frau, an die ich mich erinnere, muss also zu einem Vorfilm gehört haben, und als Hauptfilm sah ich den Zeichentrickfilm und war wie weggetreten und gefangen in dem dunklen, verschwiegenen Ort des Kinos voller geheimnisvoller und spannender Erlebnisse außerhalb des Alltags.

Der wurde in Wien vom Großvater bestimmt, und der Pepi hatte auch seine Mucken. Er hatte wohl nicht die stärksten Nerven. Das zeigte sich besonders dann, wenn ich im Wohnzimmer mit Ralfi spielte und es binnen kurzem zu Zank und Streit kam. Dann sagte der Pepi: „Jede Mutter nimmt ihr Wunderkind und geht damit in ihr Zimmer. Ich leg mich hin und schlafe." Das tat er dann auch. Er legte sich auf die Couch unter den Wohnzimmerfenstern und tat, als schnarchte er, und seine beiden Töchter zogen sich mit ihren Kindern schmollend zurück. Meine Mutter mit mir ins Kabinett neben dem Wohnzimmer, Tante Hilda mit Ralfi ins Kabinett hinter der Küche oder in ihre eigene Wohnung in der Penzinger Straße.

Keller und Bunker in Berlin

In Berlin ging das Leben seinen geordneten Gang. Kleinlastwagen mit Lebensmitteln auf dem Platz vor dem Haus, Mutter beim Einkauf, Spiel mit Kindern auf der Straße, abends Fliegerangriff und Abstieg in den Keller, nicht jeden Abend, wie ich lange glaubte, aber oft genug. Da hatte alles seine fest gefügte Ordnung, eine prosaische Ordnung. Dass das Leben in Wien interessanter und vielfältiger war, merkte ich damals wohl nicht. Doch dass ich in Berlin immer weniger Kinder draußen auf der Straße traf, bekümmerte mich.

Ein Lichtblick waren da unsere Besuche bei der Gretl Zitritsch, Mutters Freundin. Sie wohnte in der Innenstadt, wahrscheinlich in Charlottenburg. Das ist neben Gatow der einzige Name eines Berliner Bezirks, den ich seit frühester Kindheit kenne. Ich habe nur ein schemenhaftes Bild von ihr: schlank und dunkle Haare. Wahrscheinlich waren wir öfters bei ihr zu Besuch und sie auch bei uns. Ich erinnere mich aber nur an einen einzigen Besuch in ihrer kleinen Wohnung, und das auch nur wegen des durchdringenden Tons der Sirene, der uns aus ihrem Wohnzimmer scheuchte. Es folgte ein nicht enden wollender Abstieg in einem Stiegenhaus, das höher und schmaler war als jenes vor der Wohnung der Pratis in

Wien, und dann führten mich die Gretl und die Mutter nicht die Kellertreppe hinunter, sondern durch die Haustür hinaus auf die Straße. Die eiserne Gittertür vor dem Abstieg in den Keller, der mir immer noch vor Augen ist, war mit einer eisernen Kette verschlossen.

Was ich vor dem Haus sah und hörte, war schrecklich. Es war bereits dunkel. Die Straße weitete sich rechts von uns zu einem kleinen Platz, über den Funken sprühten, Splitter zischten und dunkle Schatten eilender Menschen hasteten. Über allem das bedrohliche Brummen von Flugzeugmotoren. Und vor uns helle Flammen, die aus leeren Fensterhöhlen schlugen. Die Frauen liefen mit mir über Straße und Platz und suchten gegenüber Schutz in einem Hauseingang. Wir holten Atem und sahen, dass es hinter einer geöffneten Tür ein paar Stufen hinunter in einen Bunker ging. Dort setzten sich die Frauen mit mir auf eine hölzerne Pritsche – nahe dem Eingang, denn das sei sicherer.

Heute weiß ich, warum die Frauen mit mir damals im Bombenhagel über die offene Straße und den ungeschützten Platz liefen. Der Keller des Hauses, in dem die Gretl Zitritsch wohnte, entsprach nicht den Sicherheitsvorschriften. Das war ähnlich wie bei den Pratis in Wien, die erst mit der Öffnung des Durchgangs zum Keller des Nachbarhauses einen angeblich sicheren Schutz vor den Bomben hatten. Dafür sorgten nach Beginn des Bombenkrieges offizielle Kommissionen, die die Sicherheit von Kellern in Privathäusern untersuchten. Leider hatte die Gretl keinen unterirdischen Zugang zu einem von der Kommission genehmigten Keller. Und das machte für mich die Schreckensnacht so schrecklich.

Nach einer Bunkerführung, die ich vor wenigen Jahren in Berlin mitmachte, denke ich, dass die Bunker und Luftschutzkeller in Berlin Ergebnis einer einheitlichen Planung gewesen sein müssen - zu ähnlich waren sie alle, wie z.B. unser Luftschutzkeller in der Offizierssiedlung, der Bunker, in den die Mutter und die Gretl Zitritsch mit mir geflohen waren, und der Bunker, durch den wir viele Jahre nach dem Krieg geführt wurden. Die Konsequenzen des Bombenkrieges gegen England müssen der politischen Führung in Berlin schon vor Kriegsbeginn klar gewesen sein. Warum sonst hätten sie schon vor Kriegsbeginn solche Schutzräume bauen lassen sollen?

Der Nachtangriff, den ich bei der Gretl Zitritsch erlebte, erfolgte wahrscheinlich am Anfang oder in der Mitte des Krieges. Denn ich glaube nicht, dass die Mutter später, als es fast jede Nacht Fliegeralarm gab, mit mir noch abends unterwegs war. Doch dann kamen die Bombenflugzeuge auch am helllichten Tag.

Und auch das erlebte ich bei einem Ausflug zur Gretl Zitritsch.

Am Vormittag oder am frühen Nachmittag fuhr die Mutter mit mir im Autobus in die Innenstadt. Auf einmal gab es Fliegeralarm. Eine Überraschung. Noch nie hatte es am Tag Alarm gegeben. Der Bus hielt an der Haltestelle in der Nähe eines Hochbunkers. Dorthin rannten wir. Männer mit Hakenkreuzbinden um die Arme standen am Eingang und wiesen uns den Weg. In einem mittleren Stockwerk setzten wir uns auf eine Holzpritsche. Die Leute neben uns waren sehr still, während laute Explosionsgeräusche immer näher kamen. Es krachte und dröhnte, ganz nah war das, die Erde bebte, Sand rieselte und die Bunkerwände wankten.

Als wir nach der Entwarnung den Bunker verließen, sah ich brennende Häuser, zusammengestürzte Häuser, Berge von Schutt und die Feuerwehr im Löscheinsatz. Menschen hasteten über Glas und Schutt auf der Straße, Bahren wurden durch das Gewühl der Leute getragen, Krankenwagen näherten sich. Und in dem aufgeregten Tumult stand ruhig ein Mann, der das ganze Bombenangriffsgrauen filmte. Ganz nah hielt er die Kamera an die züngelnden Flammen über den Mauerresten eines zusammengestürzten Hauses.

Vielfach decken sich meine Erinnerungen mit den Bildern eines amerikanischen Dokumentarfilms über den ersten Tagesangriff der alliierten Luftflotte auf Berlin, den ich vor ein paar Jahren im Fernsehen sah. Denn der Film zeigte nicht nur Bilder der Flugzeuge über Berlin, sondern auch Aufnahmen der Folgen des Angriffs am Boden. Dieser Auftakt einer neuen Luftkriegsstrategie war ein Überraschungsangriff, wie es später hieß, und hatte zur Folge, dass die Mutter den Besuch bei der Freundin aufgab und mit mir im Autobus nach Hause zurückfuhr. Und ich kann mich seit diesem Tag an keine weitere Fahrt in die Innenstadt von Berlin erinnern.

Das Erstaunliche aber war: In all dem Chaos von Feuer, Schutt und Zerstörung, das rundum zu sehen war, fuhr der Bus pünktlich ab, und er fuhr auch beinahe an der vorgesehenen Haltestelle ab, nur ca. 100 m von ihr entfernt nach einer Straßenecke. Denn dort, wo er abfahren sollte, stand ein Haus in Flammen.

Nach den Aufregungen in der Innenstadt mündete die Rückfahrt wieder in ein geruhsames Stadtrandleben. Ich erinnere mich noch an das eigenartige Gefühl, das mich nach dem lebensbedrohenden Trubel beschlich, als wir in hellem Sonnenschein durch die menschenleere Offizierssiedlung gingen. Kein Kind war auf der Straße, und oben in meinem Kinderzimmer begann ich in dem schon harten Schatten einer tiefer stehenden Sonne mit Bauklötzen zu hantieren. Mir war, als wäre etwas in mir abgeschnitten.

In den folgenden Tagen kehrte die Alltagsroutine aber bald wieder zurück. Den Gegensatz von Innenstadtverwüstung und heiler Stadtrandidylle habe ich damals wohl nicht begriffen, zu sehr dominierte die Angst vor den abendlichen Fliegerangriffen. Und so begriff ich auch nicht, dass wir noch nie bombardiert worden waren, obwohl wir doch in der Nähe eines Militärflughafens wohnten. Die Bombenflugzeuge flogen einfach über uns hinweg Richtung Innenstadt. Dort richteten sie dann regelrechte Verwüstungen an. Heute weiß ich, dass der Flughafen Gatow nur ein Schulungsflughafen und daher für die Engländer und später auch die Amerikaner nicht interessant genug war für einen Bombeneinsatz. Entsprechende Abwürfe über der Innenstadt brachten mehr.

Doch Gewissheit darüber hatten die Erwachsenen nicht, die beklommen im Luftschutzkeller saßen und auf die unheimlich zischenden, heulenden und knallenden Geräusche draußen achteten. Nur Kinder, die noch jünger waren als ich, schliefen wirklich gelassen und ruhig im Keller. Jede Familie hatte da ihr angestammtes Revier, wo ihre Koffer und andere Utensilien standen sowie die Sitzgelegenheiten, auf denen sie Abend für Abend zubrachten. Für mich stand da auch ein Bett. Ich habe ein Bild in mir von einem schäbigen braunen und ziemlich hohen Bettgestell, nicht so nieder, weiß und elegant wie das oben in meinem Kinderzimmer. Eine Erinnerung, die unabhängig ist von allen anderen Kellererinnerungen. Nur dieses altmodische Bett steht da mächtig im Raum. Ich hätte tage- und nächtelang im Keller verbracht, sagten meine Eltern nach dem Krieg. In diesem Bett habe ich in den letzten Tagen des Krieges also geschlafen. Ein oder zwei Jahre davor wohl nur stundenweise.

Aus der Kette dieser immer gleichen Kellerbilder, die sich in der Erinnerung zu einem einzigen Bild übereinander schieben, löst sich eine einzelne Vorstellung. Die zeigt drei uniformierte Männer im Keller, mit der Schirmmütze auf dem Kopf, einer davon ist mein Vater. Diese Männer bzw. ihre Uniformen verbreiten so etwas wie Zuversicht, und noch bevor Entwarnung gegeben wird, gehen sie durch die schleusenartige Tür gegenüber dem Eingang nach draußen und schauen zum Himmel hinauf. Dann kommt mein Vater in den Keller zurück und sagt: „Da kurvt noch einer herum, er will aber wegfliegen, nach Hause."

Dass der Vater mit uns zusammen im Luftschutzkeller war, kam recht selten vor. Zumindest habe ich keine weitere Erinnerung daran. Der Vater war ein Mann, der irgendwoher kam oder irgendwohin ging und die meiste Zeit weg war. Gut erinnern kann ich mich allerdings an eine eigenartige Szene, da saß er mit der Mutter und mir im Wohnzimmer, er im Fauteuil und die Mutter neben mir auf der Couch. Er spielte, und das war eigentlich lustig gemeint, wie er als Flieger in der Pilotenkanzel sitzt und einen tödlichen Treffer bekommt. Und die Mutter begann lauthals zu heulen. Heute, nachdem ich eine Reihe von dokumentarischen Kriegsfilmen gesehen habe, schließe ich aus der Art, wie der Vater den Treffer markierte und in lebloser Starre in sich zusammensackte, dass er in den Luftkämpfen über London durch die Sichtfenster der Pilotenkanzel solche Abschüsse anderer Flieger gesehen haben muss. Er spielte das alles zu realistisch, und das bereitete der Mutter wohl so großen Schrecken. Und ich muss auch über diese Szene sehr erschrocken gewesen sein, sonst hätte ich sie nicht heute noch im Gedächtnis. Die vielen Jahre Krieg hinterließen Spuren bei den Menschen. Das zeigt auch eine Erzählung meines Vaters:

Nach einem Fliegerangriff fuhr er in einem Schlauchboot auf die Havel hinaus, um einen amerikanischen Piloten aus dem Wasser zu holen, der aus seiner abgeschossenen Maschine mit dem Fallschirm abgesprungen war. Der Pilot habe ihm aus dem Wasser seinen Ring entgegen gestreckt. Doch er, der Vater, habe ihm den Ring wieder an den Finger gesteckt und ihn dann im Boot an Land gebracht. Am Ufer habe er ihn mit der gezogenen Pistole gegen die dort versammelten Frauen verteidigen müssen, die den feindlichen Flieger lynchen wollten. Angesichts all der Bombardierungszerstörungen fand mein Vater die Reaktion der Frauen, der feinsinnigen Offiziersgattinnen, die fast schon zu Tieren geworden waren, irgendwie verständlich.

Der 20. Juli in Wien und Hamsterfahrten

Es muss im Sommer 1944 gewesen sein, als die Mutter mit mir für längere Zeit in Wien war, während der Vater wieder in Berlin Dienst tat. Die Bombenflugzeuge hatten nicht mehr genug Treibstoff zur Verfügung, und er war nach Berlin zurückgerufen und für Sonderaufgaben eingesetzt worden.

Der Vater in Berlin, die Mutter mit Sohn in Wien, das ist eine recht eigenartige Konstellation. Sie lässt sich allerdings erklären, wenn man die Bemerkung des Vaters in den 50er Jahren in Betracht zieht, dass sich die Mutter in Wien einer Unterleibsoperation habe unterziehen müssen, und Hildas Bemerkung, dass es im Krieg eine Zeit gegeben habe, in der sie in Wien meine Versorgung übernommen habe. Dazu passt auch meine eigene Erinnerung, nach der in einem sonnenhellen Wiener Sommer die Mutter als schattenhafte oder auch abwesende Gestalt hinter der Tante zurücktrat, die mit mir ähnlich wie eine Mutter umging.

Ich wohnte bei Tante Hilda in ihrer neuen Wohnung in der Penzinger Straße. Eine weißhaarige alte Dame, die wir Tante Usti nannten, vermietete ihr die dunkel möblierte Wohnung. Ich weiß nicht, ob wir irgendwie mit der vornehm wirkenden Frau verwandt waren, erinnere mich aber gut an das hohe und kleine

Bett, in dem ich schlief. Es hatte ein dunkles und ramponiertes Holzgestell und eine kleine, weiche und weiße Matratze. Wahrscheinlich hatte vorher Ralfi in dem Bett gelegen und kam jetzt wieder in die Babywiege. Jedenfalls war das Bett bei Tante Hilda lange nicht so elegant wie meines in Berlin. Mit Ralfi verbinde ich sonst keine weiteren Erinnerungen. Wahrscheinlich war er immer noch zu jung für mich.

Meine Erinnerungen an diese Sommerzeit sind nicht allzu prägnant. Genau erinnern kann ich mich aber an ein Datum und die damit verbundenen Ereignisse: an die Geschehnisse um den 20. Juli. Das heißt, das wusste ich anfangs natürlich nicht, dass es der 20. Juli war und es eine besondere Bewandtnis mit diesem Datum hatte. Das alles ging mir zur Gänze erst später auf, mit zunehmendem historischem Bewusstsein. Doch die Erlebnisse damals sind fest in mir verankert.

Ich ging mit Tante Hilda, die wahrscheinlich den Kinderwagen schob, in dem Ralfi saß, von der Penzingerstraße in die Nisselgasse mit ihrem alten Kopfsteinpflaster. Es war Vormittag und wenig Verkehr. Zeitgleich mit uns kam vor der Haustür der Nisselgasse 2 ein Postbote an. Tante Hilda fing ihn ab, bekam einen Brief ausgehändigt, öffnete ihn und las und begann lauthals zu schluchzen und zu weinen. Ihr Mann, war gefallen.

Ich bin mir sicher, dass noch eine weitere Frau neben uns stand, die Hilda umarmte und ebenfalls zu weinen begann. Ob das die Ameise war oder eine andere Frau, weiß ich nicht, bin mir aber ziemlich sicher, dass es nicht meine Mutter war. Denn darüber hätte ich keinerlei Zweifel. Zu schemenhaft ist die zweite Frauenfigur damals in der Nisselgasse.

Tante Hildas Mann hieß Eugen Tiron und war als Funker bei der Partisanenbekämpfung in Griechenland im Einsatz. Bei der Bewachung eines Bunkers war er erschossen worden. Das sind die nackten Tatsachen. Mit ähnlichen Nachrichten mussten damals viele Frauen fertig werden. Eine politische Dimension von Eugens Tod begann sich erst zu erschließen, als die Nachricht vom Attentat auf Hitler im Radio gemeldet wurde und Tante Hilda sich an einen Zettel erinnerte, den sie ein paar Tage zuvor unter einer Packung Zigarren gefunden hatte, die ihr Eugen, der Nichtraucher war, kurz vor seinem Tod aus Griechenland geschickt hatte. Auf dem Zettel stand: Nach dem 20. Juli sind wir wieder beisammen.

Als ich das hörte und die Aufregung mitbekam, die Tante Hilda und die Pratis an den Tag legten, wurde mir wirklich unheimlich zumute. Dann sah ich, wie Tante Hilda den Zettel mit Eugens eigenartiger Notiz aus dem Kabinett hinter der Küche holte und Ameise und Pepi sie bei der Aktion unterstützten, das Stück Papier zu zerreißen und in einem Gully in der Nisselgasse zu versenken.

Eugen war vor dem Krieg beim Nachrichtenwesen tätig gewesen, bei der Post, und war auch beim Militär mit nachrichtendienstlichen Aufgaben befasst. Auf diese Weise sei er wohl an Informationen über die Attentatspläne am 20. Juli gelangt, die er dann seiner Gesinnung entsprechend weitergab, also nach österreichischer und keineswegs nationalsozialistischer oder reichsdeutscher Gesinnung. Also an die Familie und nicht an den Geheimdienst. So oder so ähnlich äußerte sich mein Vater nach dem Krieg, als ich von ihm etwas über den Widerstand gegen Hitler und über Onkel Eugen erfahren wollte. Wie er selbst, mein Vater, zu Hitler stand, weiß ich nicht. Das wissen viele aus meiner Generation nicht über ihre Väter. Ich glaube aber, wenn er auch kein Nationalsozialist war, so war er doch, seinem Eid gemäß, dem Führer ergeben und befürwortete keine Umsturzpläne. Unmittelbar nach dem Attentat wurde er, wie er erzählte, in Berlin kaserniert.

Wie mein Vater kein Widerstandskämpfer war, so war Eugen nach Einschätzung der Familie auch keiner. Schon allein wegen seines linkischen Wesens schätzte ihn niemand als Widerstandskämpfer ein. Er war zu weltfremd und zu ungeschickt, um in einer Widerstandsgruppe, quasi wie ein Held, agieren zu können. Das glaubten alle in der Familie. Ich habe es auch geglaubt. Heute bin ich mir dieser Sache nicht mehr sicher. Linkisches Wesen hindert einen nicht, eine politische Meinung zu haben. Und immerhin war er Informationsträger. Für wie wichtig er selbst die Informationen hielt, die er hatte, geht schon aus seiner Nachricht über den 20. Juli hervor, die er seiner Frau geschickt hatte – versteckt in einer Zigarrenschachtel.

Dazu kommt, dass er als Österreicher in seiner Einsatzgruppe sicher auch mit anderen Österreichern in Kontakt war und Wien neben Paris die einzige Stadt war, in welcher der mit dem Hitler-Attentat geplante Umsturz erfolgreich verlief. Erst als die Nachricht vom Scheitern des Attentats verbreitet wurde, ließ man in Wien die inhaftierten Nazibonzen wieder frei. Der österreichische Arm der Widerstandsbewegung war also ein starker Arm und kann von Wien bis Griechenland gereicht haben. Vielleicht hängt Eugens Tod kurz vor dem 20. Juli auch mit den Attentatsplänen oder ihrer Verhinderung zusammen.

Das alles sind Überlegungen, mit denen ich keinerlei Sicherheit gewinne. Es kann so, es kann aber auch ganz anders gewesen sein. Sicher bin ich mir aber, die Familie hätte nach dem Krieg über all diese Ereignisse genauere Informationen einholen sollen.

Auch das Kruckenkreuz mussten die Pratis in der Nazizeit verschwinden lassen. Es war ein österreichisches Abzeichen der Vaterländischen Front, das sie für ihre Spenden zur Unterstützung der vaterländischen Bewegung gegen die Nazis bekommen hatten. Aus Gesprächen mit Tante Hilde habe ich erfahren, dass sie das Kruckenkreuz bereits unmittelbar nach Hitlers Einmarsch in Wien verschwinden ließen. Es scheint, als habe die Familie immer wieder gewisse Dinge vor unliebsamer Gesinnungsschnüffelei vertuschen müssen, weil man in Zeiten zu überleben suchte, in denen sich Macht und Gesinnungsterror mit dem verbündet hatten, was man Volkswillen nennt.

Mittlerweile wurde in Wien der Bombenkrieg immer heftiger und die Mutter taucht wieder als Leitfigur in meinen Erinnerungen auf. Wenn sie mit mir in der Innenstadt unterwegs war, mussten wir bei Fliegeralarm Zuflucht in fremden Kellern suchen. Einmal waren wir in der Nähe des Stephandoms, als die Sirene ertönte. An die Kellerzuflucht kann ich mich nicht erinnern, aber an den Anblick nach der Entwarnung. Durch ein sehr hohes Haustor kamen wir auf die Straße, und auf der Ziegelwand gegenüber sah ich eigenartige große, weiße Zeichen, die da, während wir im Keller hockten, hingekritzelt worden waren. Wahrscheinlich mit Kreide. Die Mutter sagte mir, das heiße O5. Irgendwelche Leute hätten das während des Angriffs dorthin gemalt, um zu zeigen, dass sie da seien. Wer die Leute waren, die da zeigen wollten, dass sie da waren, sagte sie nicht. Jedenfalls kann ich mich an kein Wort über die Bedeutung der

Zeichen erinnern. O5 hieß, wenn man 5 als 5. Buchstaben des Alphabetes identifizierte, OE wie Österreich. In Zeiten des Gesinnungsterrors ist es durchaus angebracht, Kinder nicht über alles aufzuklären.

Um dem Bombenkrieg zu entgehen, zog sich die Großmutter schließlich mit mir in ein Sommerhäuschen in Gablitz zurück. Jedenfalls weiß ich, dass ich dort war und die Ameise auch. Vom Großvater, der Mutter oder Tante Hilda mit Ralfi weiß ich das nicht genau. Doch ist anzunehmen, dass sie mindestens fallweise da waren und es ein reges Hin und Her der Familienmitglieder zwischen Gablitz und Wien gab. Der Großvater musste ja noch täglich ins Büro gehen, und außerdem war das Häuschen wohl zu klein für uns alle.

Gablitz ist ein Vorort von Wien, und ob das Sommerhäuschen Eigentum der Großeltern oder angemietet war, weiß ich nicht. Nach dem Krieg hörte ich jedenfalls nichts mehr davon. Ich kann mich aber gut erinnern, dass ich dort einmal Mohnnudeln gegessen habe. Das heißt, ich bekam Nudeln mit schwarzer Schokolade. So sagten die Großeltern dazu. Denn Mohn durfte ich nicht kennen. Mohn war ein kriegswichtiges Produkt, aus dem Opium als Schmerzmittel für die Verwundeten gewonnen wurde. Kein Mensch bekam Mohn, bis auf den Opa, der beim Zoll seine eigenen Verbindungen hatte.

In Gablitz fühlten wir uns unbehelligt von den Bombenflugzeugen der Alliierten, und ich konnte mich ungestört im Freien herumtreiben. Doch einmal kamen sie. Die Flugzeuge waren über uns. Als wir über die lehmige Straße auf den Bunker zuliefen, der in einen Hügel oder Weinberg geschlagen war, blitzten über uns schon die Geschosse. Wahrscheinlich mussten die Flugzeuge nach dem Angriff auf Wien noch restliche Bombenlast loswerden. Denn es gab in dem Örtchen wirklich nichts zu bombardieren. So denke ich jetzt. Damals hatte ich aber große Angst. Und als wir uns unter die beklommen schweigenden Leute im Bunker gesetzt hatten, jeweils eine Bankreihe gab es an beiden Längswänden, krachte ein Bombensplitter durch die noch halb offene Tür herein. Den trug ich noch lange als Souvenir in meiner Hosentasche.

Es war heiß in diesem Sommer, und so ging die Mutter mit mir auch ins Freibad. Ob das in Gablitz war oder in einem Nachbarort, weiß ich nicht, ich weiß nur, dass wir ziemlich weit gehen mussten und die Mutter bei mir war. Das Bad hatte ein Becken für Schwimmer. Dort durfte ich nicht hinein. Es hatte aber auch eins für Nichtschwimmer, und da kroch ich, einen Schwimmer markierend, herum. Dann gab es Fliegeralarm, und über dem Schwimmbad stürzte ein dickbauchiges und breites, in seiner Schnauze lichterloh brennendes Flugzeug mit rasend kreisenden, schneidend surrenden Propellern schräg nach unten vom Himmel. Auf dem Feld hinter dem Schwimmbad standen Heupuppen. Zwischen diese stürzte das Flugzeug, und es gab einen mächtigen feurigen Rückstoß, als es aufschlug.

Ich stand wie erstarrt neben dem Schwimmerbecken. Dann zog mich die Mutter in eine Badekabine. Einen Keller gab es hier nämlich nicht. Und in einer der anderen Kabinen sagte jemand, die Heupuppen würden dann die Überreste des Flugzeugs wegräumen. Komisch, dachte ich und horchte auf alle Geräusche, die ich hinter den Bretterwänden hörte. Ich wusste, wir waren da auf ebener Erde und ziemlich ungeschützt, wenn Bomben fielen. An ein eigenartiges Gefühl erinnere ich mich, das mich da beschlich. Ich fühlte mich in der Badekabine nicht sicher.

Später in Berlin sprach ich öfter mit dem Vater über den Flugzeugabsturz. Das sei ein feindliches Flugzeug gewesen, das da vom Himmel gefallen sei, sagte er, und vorher habe es einen Luftkampf gegeben. Ein Begriff, der für mich neu war und mir sehr imponierte. Dass der Vater das alles gar nicht wissen konnte, weil er nicht dabei gewesen war, fiel mir erst im Nachhinein auf, als ich darüber nachdachte. Es dürfte das erste Mal gewesen sein, dass ich bewusst nach dem Thema, das ich besprach, einen Gesprächs-partner auswählte – den Vater, nicht die Mutter.

Damals fuhr ich auch mit der Mutter in überfüllten Zügen aufs Land hinaus zu den Bauern, um zu hamstern. Wieder ein neuer Begriff, den ich da lernte, der mir aber weniger imponierte, wenn er auch wirklich lebenswichtig war. Ein Ei, ein Stück Butter oder etwas Mehl bekam man von den Bauern, wenn man bei ihnen hamsterte. Und wenn man ein Kind dabei hatte, waren die Bauern freigebiger, als wenn man ohne Anhang vor ihnen stand.

Die Mutter gab den Bauern Schmuck und bekam dafür die für uns so wichtigen Lebensmittel. Vor unserer ersten Hamsterfahrt hatte ich gesehen, wie sie ihre Schmuckschatulle aus dem Schrank holte und einzelne Stücke – einen Ring, eine Kette etc. - aussortierte, die sie den Bauern anbieten wollte.

Nach dem Krieg erfuhr ich, dass auch Möbel wie Tische oder Stühle Tauschobjekte für das Hamstergeschäft gewesen waren. Ich vermisste nämlich im Wohnzimmer der Pratis den großen schwarzen Tisch in der Mitte und die dazu passenden Stühle. Die Dinge hätten sie für Butter weggegeben, sagten sie.

Da bin ich mit meinen Erinnerungen aber schon im Wien der Nachkriegszeit. Im Gegensatz dazu sind meine Kindheitserinnerungen an Berlin vom Kriegsende hart begrenzt.

Winter in Berlin

Im Herbst, vielleicht auch erst im Winter 1944 fuhr die Mutter mit mir wieder nach Berlin. Es war abzusehen, dass die Stadt demnächst von den Russen eingeschlossen würde. Ein Endkampf um Berlin zeichnete sich ab. Vater sollte mit seinen Kameraden dabei sein, und die Mutter wollte mit mir bei ihm sein. Eine Familie muss immer beisammen sein, sagte sie einmal.

Dass wir uns in der Endphase des Krieges befanden, war mir damals natürlich nicht bewusst. Doch mir fiel schon auf, wie anders diese Berlinfahrt war im Vergleich zu vorigen. An einen Schlafwagen kann ich mich nicht erinnern, dafür an harte und vielfach abgenutzte Holzbänke. Durchs schmutzige Fenster sah ich graue ruinöse Gebäude und mit Panzern beladene Lastzüge. Und je näher wir Berlin kamen, desto leerer wurde der Zug. Am auffallendsten aber war die Ankunft. Wir kamen in der Nacht an und nicht in einem großen weltstädtischen Bahnhof, sondern in einer schmuddeligen kleinen Station, die ich nicht kannte.

Der Vater holte uns ab. Es war finster. Kaum ein Wort wurde gesprochen. Und weil wir dann gleich mit dem Schiff über die Havel zu der Anlegestelle in der Nähe unserer Wohnung fuhren, glaube ich, dass wir in Gatow angekommen waren. Es war ein recht ungewöhnlicher Weg nach Hause, wo mir das schwarze Telefon auffiel, das auf Vaters Schreibtisch stand. Damit er immer schnell zu erreichen ist, sagte die Mutter. Von heute aus betrachtet, hatte ich den Eindruck einer unheimlichen Düsternis. Und ich zweifle sogar, ob die Eltern überhaupt froh waren, wieder beisammen zu sein. Vielleicht war diese Ankunft auch eher eine Belastung für sie. Und so blieb es auch. Sogar der erste Advent und das Weihnachtsfest waren nicht frei von dieser Stimmung.

Der erste Advent ist nach dem 20. Juli das zweite Datum, das mir eine sichere zeitliche und örtliche Markierung für die Ereignisse des Jahres 1944 gibt. Am 20. Juli war ich in Wien, am ersten Advent in Berlin, dazwischen war ich mit der Mutter in und bei Wien und schließlich im Zug, der uns nach Berlin brachte. Diese Zugfahrt erfolgte wohl ziemlich knapp vor dem ersten Advent, denn er ist das erste Ereignis, an das ich mich nach unserer Ankunft erinnere.

Dass mir der erste Advent in Berlin so fest im Gedächtnis geblieben ist, hat zwei Gründe. Erstens kannte ich bis dahin keine Adventsfeier, auch keinen Adventskranz. Als ich den Kranz aus Tannenzweigen mit Christbaumkugeln und leuchtender Kerze auf dem Wohnzimmertisch sah, fragte ich die Mutter, ob das der neue Christbaum und schon Weihnachten sei. Zweitens fiel mir die getragene Stimmung der Mutter auf. Sie holte mich nach meinem Mittagsschlaf aus dem Schlafzimmer, führte mich ins Wohnzimmer, setzte mich vor dem Adventskranz an den Tisch und brachte Gugelhupf und etwas zu trinken. Ihre feierliche Stimmung beeindruckte mich. Heute glaube ich, sie hatte gerade erst richtig begriffen, wie ernst unsere Lage in Berlin war, und wollte mir noch eine schöne Feier bescheren, weil sie nicht sicher war, ob wir das Weihnachtsfest in der zerbombten Stadt noch erleben würden.

Wir erlebten es, allerdings in seltsam gedrückter Stimmung und lange nicht so fröhlich wie das Fest zwei Jahre zuvor bei den Pratis. Vor allem fällt es mir schwer, mich an ein flackerndes Kerzenlicht zu erinnern. Der Baum kann auch von einer nüchternen Glühlampe bestrahlt worden sein. Was mir aber bis heute als großer Eindruck im Gedächtnis geblieben ist, ist der Baum in seinen kargen Farben: Grün und Weiß, Tannengrün und weiße Wuzeln. Dazu kamen bei den Nachkriegsbäumen Silberkugeln und weiße Kerzen. Die weißen Wuzeln waren um Bonbons gewickeltes Seidenpapier, das an beiden Längsseiten in Fransen geschnitten und zusammengedreht war. Ein Ende wurde mit einem weißen Faden zugebunden, dessen Enden zu einer Schlinge verknotet wurden. An der schwebten sie scheinbar schwerelos im Baum.

Im Berlin der Kriegs- und Mangelwirtshaft waren sicher Mutters Vanillebonbons der Kern der Wuzeln, vielleicht auch nur Papier. Jedenfalls beeindruckte mich damals - sicher unbewusst - die strenge Stilsicherheit des Weihnachtsbaumes. Und nach dem Krieg erklärte mir mein Vater auch die damit verbundene Farbsymbolik. Das Weiß der Wuzeln und Kerzen und auch das Silber der Kugeln standen für den glitzernden Schnee auf dem Tannengrün. Wahrscheinlich kam diese Art, den Baum zu schmücken, von der Scheiner Familie, also aus Prag.

Es mag sein, dass ich selbst das Fest damals gar nicht so ärmlich und nüchtern empfunden habe, wie ich es beschreibe, denn dabei spielt sicher auch mein heutiges Wissen um die politische und unsere persönliche Situation damals eine Rolle. Doch die gedämpfte Stimmung der Mutter bei der Adventsfeier ist mir damals wirklich aufgefallen, und ich übertrage diese Stimmung auch auf das Weihnachtsfest und hoffe dabei, dass die Eltern zum Christfest an mich dachten und zweifelten, ob es richtig war, mit mir in das umkämpfte Berlin zu reisen, und ahne zugleich, dass sie nicht so dachten, weil Kinder damals nicht so wichtig genommen wurden, wenn es um lebenswichtige Entscheidungen ging. Und wenn ich sage, dass es keine Berge von Geschenkpapier gab, ist das eine Aussage vom heutigen Standpunkt aus. Ich habe damals sicher nicht so empfunden, zumal ich ja ein Geschenk bekam, das schon erwähnte Bilderbuch

„Peterchens Traumfahrt", das heute noch in meinem Bücherschrank steht. Der Vater hatte es in Reimen getextet, geschrieben, gezeichnet und gemalt, und in seiner Realistik entspricht es durchaus der modernen Bilderbuchtheorie. Heute kommt es mir vor, dass ich vieles von dem, was ich von Berlin weiß, über dieses Bilderbuch weiß. Da ist z.B. ein Häschen abgebildet, das ich immer übersehen habe. Meine Enkel machten mich darauf aufmerksam. Jetzt erinnerte ich mich. Wir hielten es auf dem Balkon.

Die Erinnerungen ans Weihnachtsfest und den ersten Advent in diesem Winter sind jedenfalls von gemischten Gefühlen besetzt. Es waren keine unbeschwerten Feste, wie sie die Kinder heute erleben. Uneingeschränkt glücklich fühlte ich mich aber an einem Abend in diesem oder im vorigen Jahr, als ich vom Spielbesuch bei einem Freund nach Hause ging: Es ist dunkel. Ich gehe über den Platz vor unserem Haus. Hinter mir in der Häuserzeile die Wohnung, wo ich gespielt habe, wahrscheinlich die von Axel. Der Schnee knirscht unter meinen neuen Winterschuhen. Ober mir ein weiter und ruhiger Nachthimmel mit einem Gewimmel blinkender Sterne. Es ist still, kein Flugzeug zu hören. Und vor mir das erleuchtete Fenster unseres Wohnzimmers. Ein durch und durch friedliches Bild, das ich bis heute in mir bewahrt habe. Wohl weil es einen wohltuenden Kontrapunkt setzt zum Erlebten damals.

Das war nämlich alles andere als friedlich. Da ist das Abendritual: Die Mutter vor dem Volksempfänger, der Kuckuck, die Stimme im Radio, dass feindliche Flugzeuge im Anflug seien und beim Kölner Dom abbiegen Richtung Berlin, der vergewissernde Blick der Mutter zum Koffer mit den darin verstauten Dokumenten, der eindringliche und beängstigende Ton der Sirene, unser Abstieg in den Keller, mit Koffer und anderen Leuten, die aus ihren Wohnungen kommen, im Dunkeln natürlich, das sich nähernde Dröhnen der Flugzeugmotoren und dann das Schweigen der angststarren Leute im Keller.

Es sind sehr viele Bilder dieser Art, die sich im Gedächtnis zu einem Berliner Urbild übereinander schieben. Und es fällt auf, dass der Vater nicht dabei ist. Für die Jahre zuvor, als er gegen England flog, ist das zu erklären. Doch im letzten Kriegswinter war er in Berlin. Ich kann mir seine Abwesenheit nur damit erklären, dass er sehr oft, wenn es Fliegeralarm gab, kaserniert oder in Bereitschaft war. Dafür war einmal ein anderer Mann da. Ein fremder Mann in Zivil saß neben der Mutter vor dem Volksempfänger. Am späten Nachmittag hatte er sie vor dem Haus angesprochen. Nach dem Kuckuck und dem Ertönen der Sirene stieg er mit uns in den Keller. Ich beobachtete ihn die ganze Zeit sehr genau und war erleichtert, als er am nächsten Morgen nicht mehr da war. Etwas Bedrohliches war von ihm ausgegangen. Heute denke ich, dass er vielleicht ein Fahnenflüchtling war, der sich von der näher rückenden Front absetzen wollte.

Auch der Schiffsausflug nach Gatow, den die Mutter mit mir unternahm, wohl weil sie mir im trüben Alltag eine Freude machen wollte, war letztlich ein ziemlich niederdrückendes Erlebnis. Es ging zur Aufführung eines Theaterstückes für Kinder. Der Himmel war wolkenverhangen, die Flugzeuge mussten wegen zu schlechter Sicht am Boden bleiben. Schwerfällig und dampfend pflügte das fast menschenleere Havelschiff durch den Brei der Eisschollen. Die Fahrt dauerte nicht lange. Der Tag konnte nicht viel Licht aufbieten gegen die trübe Tristesse, die über der Havel lag und über den Gebäuden in der Stadt.

In einem großen Saal, vielleicht in der Aula einer Schule, fand die Aufführung statt. Der Saal war voll besetzt, es wurde gelärmt, gelacht, gejohlt. Dann trat eine bekannte Kinderbuchfigur auf, ich denke, es war Till Eulenspiegel. Und dann gab es Fliegeralarm. Alle strömten hinaus aus dem Saal, auch meine Mutter und ich an ihrer Hand. Einen Keller gab es hier nicht. Als wir draußen waren aus dem Gebäude, stiegen wir ein paar Treppen hinab und klemmten uns hinter eine Ziegelwand. Ob die Aufführung nach der Entwarnung fortgesetzt wurde, weiß ich nicht. Ich weiß aber, dass es dunkel war, als wir nach Hause kamen.

Ich erinnere mich fast nur an trübe Tage in dieser Zeit. Damit meine ich in erster Linie nicht die Stimmungslage der Menschen, sondern gebe ein schlichtes Abbild des Wetters, wenn ich den Keller verlassen konnte. Ich sei im Krieg tage- und nächtelang im Keller gewesen, sagte die Mutter nach dem Krieg und meinte damit sicher die Zeit, als die Alliierten auch Tagesangriffe flogen. Ich wollte raus aus dem schummrigen öden Keller, konnte ihn aber nur verlassen, wenn keine Flugzeuge am Himmel waren. Und sie waren nicht am Himmel, wenn sie wegen des trüben Wetters bei tief hängenden Wolken keine Sicht hatten.

Als Ausnahme präsentiert sich ein überraschender Anblick, als ich an einem helllichten wolken- und fliegerlosen Morgen aus dem Keller komme und den Platz vor unserem Wohnhaus übersät sehe von Silberstreifen, die da glänzend auf dem Boden liegen, als wären sie vom Himmel geschneit. Ob das Christbaumschmuck sei, ob das Christkind da gewesen sei, fragte ich und wollte ein paar dieser Streifen aufheben. Die Mutter hielt mich zurück. Das sei kein Christbaumschmuck, sagte sie, ich dürfe die Streifen nicht aufheben, weil sie vielleicht krank machten, die Flieger hätten sie abgeworfen, um zu zeigen, dass sie da gewesen seien. Erst jetzt, beim Schreiben fällt mir auf, dass ihre Antwort der Erklärung gleicht, die sie mir in Wien für das Zeichen OE des österreichischen Widerstands gegeben hat. Und noch etwas anderes fällt mir auf: dass ich keine Kinder sah und auch keine anderen Leute, nur die Mutter. Und wenn ich in meinen Erinnerungen krame, kommt es mir vor, als seien über den ganzen Winter in Berlin keine Kinder auf der Straße gewesen.

Kinderlos und ziemlich trist verlief auch die Feier zu meinem fünften Geburtstag. Das kann am Krieg gelegen haben, vor dem viele Familien aus Berlin flohen, aber auch an der Einstellung des Vaters. Ich kannte auch nach dem Krieg keine Kinderfeste zu meinem Geburtstag. Damals war ziemlich diesiges Wetter, und ich wurde nach dem Aufstehen ins Wohn- oder Herrenzimmer geführt, wo auf dem runden Wohnzimmertisch mein einziges Geburtstagsgeschenk stand: das bleierne Modell eines Schlachtschiffes. Ich war ziemlich enttäuscht, weil ich es nicht schwimmen lassen konnte. Es war zu schwer und wäre in der Badewanne gesunken. Doch wusste ich auch, dass ich die Erwachsenen nicht mit meiner Enttäuschung enttäuschen durfte.

Am Wohnzimmertisch nahmen wir dann das Frühstück ein. Gleich neben dem Tisch war das Regal, in dem der Volksempfänger stand, aus dem ich irgendwann eine Nachricht gehört hatte, die alle Erwachsenen elektrisierte: Die Russen hatten die Oder überschritten.

Keller unter blauem Himmel

Und dann kam der Morgen, an dem ich aus dem Keller durch das Stiegenhaus hinauf in den blauen Himmel sah. Wie gewöhnlich hatte ich im Luftschutzkeller geschlafen. Ich hatte Keuchhusten und brauchte viel Bettruhe. Früher hatte der Vater Keuchhustenkinder ins Flugzeug gepackt und war mit ihnen in die Höhe von Bergen hinauf geflogen. Das vergrößerte ihre Heilungschancen. Weil das Reich kaum mehr Flugbenzin hatte, war das nicht mehr möglich.

Die Kellernacht war wie immer verlaufen. Mit einem Unterschied. Ich lag noch nicht im Bett, als ein sehr lauter Krach, ein richtiger Rums ertönte, ein widerliches Geräusch, das von ganz nahe kam, aber von irgendwoher außerhalb des Kellers. Der röhrenförmige Lampenschirm an der Kellerdecke wackelte. Eine Frau, die mitten im Keller stand, fing lauthals an zu heulen. Dann setzt meine Erinnerung aus, bis ich am folgenden Morgen aufwachte.

Da sah ich die ganze Bescherung. Das Haus war abgedeckt. Ich stieg über die Treppen nach oben, stieg über zersplittertes Glas, irgendwelche Trümmer und Schutt und aus den Angeln gerissene Türen. In unserer Wohnung waren, bis auf das Küchenfenster, alle Fenster zerbrochen. Auf dem Herd in der Küche stand noch unversehrt, wie die Mutter später betonte, die Pfanne mit den Powidltascherln, die sie vor dem Alarm zubereiten wollte. Die Zimmertüren lagen irgendwo herum. Und zwei Wände waren beträchtlich eingedrückt: die Wand zwischen Schlafzimmer und Bad sowie die zwischen Wohn- und Kinderzimmer.

Junge Soldaten rückten an, die die eingedrückten Wände vollständig zerschlugen, den Schutt wegräumten und die Fensterhöhlen mit Pappe verschlossen. Ein schummriges Licht herrschte in der Wohnung. Zwischen Bad und Schlafzimmer wurde eine Pappwand gezogen, auf die der Vater zwei nackte Frauen zeichnete, und zwar auf der Seite des Badezimmers. Die Wand zwischen Wohn- und Kinderzimmer wurde ganz entfernt. Es hieß, ich hätte jetzt ein ganz großes Kinderzimmer. Ein solches war es auch, denn die Wohnzimmermöbel waren in den Keller geschafft worden. Mit meinem kleinen Spielzeugauto hatte ich eine wirklich große und leere Fläche zu bewältigen und musste Mühe aufwenden, es durch die lange und tiefe Rille zu führen, in der früher die Wand zwischen Kinder- und Wohnzimmer gestanden hatte.

Von der Mutter erfuhr ich, was geschehen war. Eine Luftmine hatte sich in den Garten des Hauses gegenüber gebohrt. Als ich durch die Haustür auf die

Waldgasse trat, sah ich die angerichtete Verwüstung. Der Schuttberg reichte bis zum Balkon im ersten Stock hinauf. Doch die Außenwände des Hauses standen, und auch die Balkone schienen in Ordnung. Ob noch Leute hinter den Mauern wohnten, so wie wir, weiß ich nicht. Der Franzl und die beiden Mädchen, mit denen ich so oft gespielt hatte, kamen mir in den Sinn. Ich hatte die Kinder schon lange nicht gesehen.

Das letzte Kind, das ich in der Offizierssiedlung sah, war Axel, der immer verfügbare Streit- und Spielgefährte. Es schien die Sonne. Warum kein Flugzeug in der Luft war, weiß ich nicht. Ich stand allein auf dem Platz vor unserer Wohnung, um nach den Tagen im Keller wieder einmal frische Luft zu bekommen. Axel ging mit seinen Eltern und Geschwistern neben einem Leiterwagen, auf dem viel Hab und Gut verstaut war, durch den Feldweg, der zum Flugplatz führte, davon. In der Nähe des Flugplatzes musste jetzt also der Eisenbahnbahnhof liegen. Axel ging ohne größeren Abschied fort. Auch andere Familien sah ich, die die Siedlung verließen. Die Erinnerung daran ist ziemlich blass. Deutlicher im Gedächtnis habe ich eine Wahrnehmung, die mich einigermaßen beschäftigte: Der kleine Lastwagen, der uns die Lebensmittel gebracht hatte, kam nicht mehr. Ich fühlte mich verlassen.

Ich wusste es damals nicht, aber es war so: Ein Prozess der Abtötung alles Lebendigen war kurz vor seinem Höhepunkt, und ich mit meinem Keuchhusten war eins der unzähligen Opfer dieses Prozesses, der mir mit den ständigen Fliegerangriffen kaum eine Chance ließ, an die frische Luft zu kommen. Das gelang nur bei tief hängenden Wolken. An so einem Tag sah ich längs des Gladower Damms tiefe Löcher, die in die Erde gegraben waren, und an der Ecke zur Seitenstraße, die zum Habichtswald und zur Offizierssiedlung führte, kam die Mutter mit mir an einem älteren Mann vorbei, der einen gelben Stern am schmuddeligen Jackenkragen hatte und, bewacht von einem jungen Burschen mit Karabiner im Anschlag, ein Loch aushob. Die Mutter zog mich schnell weiter. Ich hatte den Eindruck, ich sollte das alles nicht sehen. Das seien Panzerlöcher, sagte sie, gegraben, um Berlin gegen die heranrückenden Feinde zu verteidigen. Der ältere Mann sei ein Zuchthäusler, der jüngere ein Soldat, der ihn bewache.

Von allem, was ich damals sah, obwohl ich es nicht sehen sollte, ist dieser hohe und mächtig ausladende Baum, in dessen Geäst leblose Männer und Frauen an dicken Stricken hingen, die schrecklichste Erinnerung. Ganz schnell ging die Mutter mit mir an dem Baum vorbei und an den älteren Männern, die unter dem Geäst standen und Armbinden mit dem Hakenkreuz trugen. Ich weiß nicht, ob die Mutter mit mir über solche Eindrücke gesprochen hat.

Diese Ausflüge waren in den letzten Tagen in Berlin aber die Ausnahme. Die meiste Zeit verbrachte ich im Luftschutzkeller, bei schummrigem Licht, während ober Berlin die Bomber und Tiefflieger wüteten. An einem Vormittag kam der Vater mit drei Gasmasken an, eine für sich, eine für die Mutter und eine Kindergasmaske für mich. Wir sollten sie anprobieren. Er versuchte ein lustiges Spiel daraus zu machen. Doch seine Gasmaske hatte einen langen Schnorchel vor der Nase und sah so unheimlich aus, dass ich Angst bekam und laut zu schreien begann. Ich habe die Gasmasken dann nie mehr gesehen.

Damals muss es gewesen sein, dass ich tagaus tagein, wo ich auch war, im Keller oder draußen vor dem Haus, Kanonendonner hörte und zu ahnen begann, dass eine unheimliche Drohung in der Luft lag, die ich allerdings nicht zu konkretisieren verstand. Mit diesem mangelnden Konkretisierungsvermögen dürfte es zusammenhängen, dass ich den Kanonendonner, den ich als Kind gehört und so drohend empfunden habe, lange Zeit vergaß und auch nicht wieder ins Gedächtnis zurückrief, als ich mit den Erinnerungen etwas hätte anfangen können. Ergebnis der Abwehrhaltung gegen eine Zeit, mit der man einfach nichts mehr zu tun haben will.

Dieser Verdrängungsmechanismus wurde außer Kraft gesetzt, als ich vor ein paar Jahren den Spielfilm „Der Untergang" mit Bruno Ganz in der Hauptrolle sah. Ein Film über die letzten 10 Tage Hitlers im Führerbunker in Berlin. Während des ganzen Films war Kanonendonner zu hören. Und da begriff ich etwas: Den Kanonendonner hast du damals gehört.

Zugleich stieg das Zwiegespräch zweier Frauen, das ich auf der Straße zum Gladower Damm mitbekommen hatte, in meinem Gedächtnis auf. „Sind das Fliegerbomben oder Kanonen?" fragte die eine Frau. Und als die andere, die wahrscheinlich meine Mutter war, meinte, es seien Kanonen, fragte die Frau nach: „Sind die Russen schon so nah?" Und was sich in mir nachhaltig einprägte, war die große Angst in den Augen der Frau. Als ich dann die Mutter fragte, wieso Kanonendonner so viel schlimmer sei als Fliegerbomben, vor denen wir doch in den Keller flohen, erklärte sie, dass mit den Kanonen die Soldaten kämen. Diese Antwort habe ich immer noch im Gedächtnis, weil ich sie damals beeindruckend fand, wohl weil ich sie nur zur Hälfte verstand.

Und Mutters Nachkriegserzählung, mit dem letzten Transporter – sie sagte Transporter und nicht Eisenbahnzug - sei sie mit mir aus Berlin geflohen, bekam eine neue Bedeutung für mich. Bisher hatte ich die Erzählung für leeres Gerede gehalten, mit dem man sich interessant machen konnte. Jetzt erkannte ich über den Kanonendonner im Film die Realität hinter ihren Worten.

Wir waren also in den letzten Tagen des Dritten Reiches tatsächlich noch in Berlin. Und da ich wusste, dass die Mutter nie ohne den Vater mit mir geflohen wäre, stellte sich nun die Frage, wieso wir denn die Stadt, die mein Vater, Frau und Kind an der Seite, bis zum letzten Blutstropfen verteidigen sollte, verlassen konnten. Und auch darauf gab mir der Film Antwort. Es wird eine Szene gezeigt, in der Göring den Marschbefehl in den Süden des Reiches, in die Alpen bekommt. Göring war Oberbefehlshaber der Luftwaffe, also quasi der Chef meines Vaters.

Damit war ein untrüglicher zeitlicher Zusammenhang zwischen zwei Ereignissen hergestellt, die mein Leben entscheidend beeinflussten: zwischen dem Kanonendonner, den ich in Berlin gehört hatte und im Film wiedererkannte, und dem Marschbefehl von Göring, der mir wohl vom späteren Geschichtsstudium her bekannt war, den ich aber nie mit dem Schicksal unserer Familie in Zusammenhang gebracht hatte. Bis ich den Film „Der Untergang" sah, drückte ich einfach weg, was mich von dieser Etappe der Zeitgeschichte persönlich betraf.

Natürlich hätte der Vater mir das alles ganz klar erzählen können. Doch habe ich ihn auch nicht danach gefragt. Was wahrscheinlich viele aus meiner Generation verstehen. Erst über den Spielfilm und die ausgelöste emotionale Betroffenheit eröffnete sich mir die Perspektive auf mich selbst als Teil dieser Zeitgeschichte. Und damit gewann ich eine neue Sicht auf ein Stück Familiengeschichte, das ich bisher im Dunkeln gelassen hatte. Jedenfalls erhellten sich mir jetzt die Zusammenhänge zwischen dem Marschbefehl des Vaters, Tante Hildas Flucht aus Wien und unserer Flucht aus Berlin.

Mutters Schwester, Tante Hilda, hatte vor Beginn der Einkesselung Berlins geschrieben, dass sie wegen des Anmarschs der Russen mit Ralfi aus Wien geflohen sei, und zwar nach Hup bei Langen hinter Bregenz, und wir sollten auch dorthin kommen, ein Zimmer stünde bereit. Dort sei das Ende der Welt, und einen Krieg gebe es dort auch nicht mehr. Das hatte ihr wahrscheinlich ihre Freundin, die Irmi Wolst, Frau eines wichtigen Bankiers, eingeredet. Die Irmi hatte die Unterkunft im Bregenzerwald besorgt, war also die Quartiermacherin und in Hup mit ihren Kindern und sieben Kisten voll Kleidern, Schmuck und Wäsche sowie mit Hilda und Ralfi angereist.

Als uns dieser Brief erreichte, hatte ihn die Mutter nicht weiter beachtet. Sie wollte dem Vater bei der

Verteidigung Berlins zur Seite stehen. Dass sie dann auf einmal ihre Meinung änderte und beschloss, mit mir aus Berlin zu fliehen, geht, wie ich jetzt weiß, auf den erwähnten Marschbefehl für Göring zurück, der sich mit seinen Leuten, auch mit meinem Vater, in den Süden absetzen sollte – nicht in die Alpenfestung, denn die gab es nicht, aber in die Alpen. Unser Fluchtziel – Hup bei Langen hinter Bregenz – war nicht allzu weit entfernt von Görings Marschziel. Die Familie konnte also einigermaßen leicht wieder zusammen kommen.

Und so begann die Mutter zu packen. Gasmasken, Luftschutzbrillen und auch mein Geburtstagsgeschenk, das bleierne Schlachtschiff, nahm sie nicht mit. Das fand ich gut. Was sie mitnahm, hatte Platz in einem großen Koffer und in einer Reisetasche. Was sie im Koffer verstaute, interessierte mich nicht sonderlich. In der Reisetasche waren eine dunkle Decke, Brote und hart gekochte Eier, also der Reiseproviant, und dazu die Dinge, die ich unbedingt dabei haben wollte: das Bilderbuch „Peterchens Traumfahrt", eine Winkerkelle mit großer roter Kreisfläche auf der einen und grüner auf der anderen Seite sowie Hansi, die Stoffpuppe, die die Mutter wahrscheinlich selbst aus Stoffresten zusammengenäht hatte. Winkerkelle und Hansi gehörten mir nach der Flucht nicht mehr.

In einer sehr dunklen Nacht brachte uns der Vater zum Zug. Der stand, ohne jede Beleuchtung, in einem Waldstück neben einem kleinen Häuschen. Ich überlegte kurz, ob das überhaupt ein Bahnhofshäuschen war. Der Zug war fast leer, als wir ihn bestiegen und der Vater den Koffer und die Reisetasche in die Ablage ober einer schäbigen Holzbank wuchtete, füllte sich aber rasch mit unbeschreiblich vielen Menschen, die zum Teil sogar aus den Fenstern heraushingen, weil sie keinen Platz hatten, auch nur einen Schritt ins Abteil zurückzutreten. Meine Mutter hatte Schwierigkeiten, unsere Sitzplätze zu behaupten. Nach dem Krieg erfuhr ich, dass auf den Waggondächern Flieger-Abwehr-Kanonen gestanden hatten.

Als der Zug abfuhr, winkte uns der Vater vor dem Waggonfenster. Es war etwa vier Uhr in der Früh, ein Montag. Noch am selben Tag verließ er in einem Lastwagenkonvoy die Stadt. Nach einem neueren Zeitungsartikel war es der letzte Tag vor der totalen Einkesselung Berlins durch die Rote Armee.

Die Flucht

Heute weiß ich, die Flucht war ein endgültiger Abschied von meiner Geburtsstadt. Damals wusste ich nur: Hier ist es sehr eng, finster und stickig. Dicht aneinandergedrängt standen und saßen die Leute im Zugabteil, und es war auch bei offenem Fenster heiß. Der Zug fuhr auffallend langsam, wie über Schleichwege, durch den dunklen Wald. Ich denke, es sollte jedes unnötige Geräusch vermieden werden, das umherstreifende russische Soldaten auf uns hätte aufmerksam machen können.

Ich fühlte mich sehr unwohl so eingepfercht zwischen der Mutter und der Waggonwand, und nach einiger Zeit gelang es ihr, mir so viel Platz zu verschaffen, dass ich mich zwischen den Sitzbänken auf den Abteilboden legen konnte, um zu schlafen. Dafür nahm einer der Mitreisenden, der ziemlich unbequem zwischen den Bänken gestanden hatte, meinen Sitzplatz ein. Die Leute schwiegen oder flüsterten leise miteinander, während der Zug mich über die Bahnschwellen gemächlich in den Schlaf ratterte.

Als ich aufwachte, war es hell. Ich konnte mich wieder auf die Bank neben die Mutter setzen. Ein paar Leute waren ausgestiegen. Der Zug war nicht mehr ganz so voll und fuhr nun auch schneller. Wir kamen an eingezäunten Feldern vorbei, auf denen Kriegsgerät herumlag, Kanonen, Maschinengewehre, Flugzeuge mit zerbrochenem Rumpf. Ich wunderte mich, wie klein und zerbrechlich so ein Flieger war, der doch so mächtig und gefährlich aussah, wenn er von oben kam. Gab es Fliegeralarm, hielt der Zug in einem Tunnel. Ich fühlte mich dabei sicher, denn die Mutter hatte mir erklärt, dass ich in der Tunneldunkelheit keine Angst haben müsse, weil die Fliegerbomben die Erdschicht über der Tunneldecke nicht durchschlagen könnten. Einmal loderte ein Feuer am Ende des Tunnels. Das war bald gelöscht.

Knapp vor Ulm hielt der Zug aber auf freiem Feld. Fliegeralarm und kein Tunnel weit und breit! Alle mussten raus aus den Waggons. Die Mutter ließ den Koffer im Abteil und stieg, die Reisetasche in der Hand, mit mir auf den Eisenbahndamm. Der Zug hatte über einer Unterführung gehalten. Dort hätten wir Schutz suchen können, wenn die jungen Burschen in Zivil, die auch aus dem Zug gesprungen waren, ihr geholfen hätten, mich über den Zaun zu heben. Doch die liefen einfach davon. So blieb ihr nichts anderes übrig, als sich mit mir in den nächsten Graben am Rande der Böschung zu ducken. Eine fremde Frau schloss sich uns an. Auch andere Leute sprangen neben uns in den Graben.

Ich sah in den wolkenlosen Himmel hinauf, eine weite tiefblaue Kuppel, unter der eine Unmenge goldener Kreuze, Himmelskreuze, in geordneter Formation mit leisem Brummen dahinzog. In einer Richtung flogen sie und waren zum Glück hoch oben. Doch plötzlich rief jemand: „Tiefflieger!" Große langbeinige Vögel kamen auf uns zu. Sehr dünn sahen sie aus, wie Spinnen, und sie flogen in gemächlichem Tempo. Die langen dünnen Beine dieser zarten hellbraunen Spinnenvögel waren wohl die Fahrgestelle, die damals beim Flug nicht eingezogen wurden. Ich muss tief in meinen Erinnerungen kramen, um die Bilder dieser zartgliedrigen Flugmaschinen wachzurufen, die ich gar nicht als gefährliche Flugzeuge identifiziert hätte, hätte ich nicht die Angst der Leute gespürt, die neben uns im Graben lagen.

Die Frau neben uns duckte sich noch tiefer nach unten, die Mutter holte die dunkle Decke aus der Reisetasche, legte sich auf mich und breitete die Decke über uns beide. Dann krachte es, die Erde bebte, es fauchte und dröhnte um uns her, immer gewaltiger waren die Erschütterungen. Ich lugte unter der Mutter und der Decke hervor. Vor dem Wald auf der Hügelkuppe vor uns brannte etwas. Die Mutter drückte mich wieder unter sich. Das Getöse um uns war immer noch gewaltig. Dann hörte die Erde allmählich auf zu beben, die Explosionsgeräusche wurden schwächer, dann war es still.

Die Mutter rappelte sich hoch, legte die Decke zusammen und verstaute sie wieder in der Reisetasche und stieg in den Waggon hinter uns. An der blauen Himmelskuppel waren keine Kreuze mehr zu sehen. Auch die anderen Leute krochen aus dem Graben. Plötzlich kam die Mutter wieder zurück und schleppte den schweren Koffer und die Tasche. Der Zug konnte nicht weiterfahren. In der Station vor uns, in Ulm, war ein Munitionszug in die Luft geflogen. Ich sah die gelb und rot lodernden Flammen vor uns über die Eisenbahngleise lecken. Eine Station nach Ulm fuhr der Zug weiter, hieß es, eine Ersatzgarnitur. Diese Fahrtunterbrechung hatte die Mutter nicht erwartet.

Es war der Montag der letzten Aprilwoche und unerwartet heiß unter dem blauen Himmel und der strahlenden Sonne. Sehr mühsam war der Marsch die staubige Straße entlang. Die Mutter schleppte den Koffer und die Reisetasche, ich trug den Hansi und die Winkerkelle. Auch andere Leute waren auf der Straße in dieselbe Richtung wie wir unterwegs. Ein Mann in Zivil half der Mutter, den schweren Koffer zu tragen. Er steckte einen Stock durch den Koffergriff, auf der einen Seite fasste er zu, auf der anderen die Mutter. So kamen wir etwas schneller voran.

Ich war müde, die Beine taten mir weh, ich wollte rasten. Doch was wir im nächsten Ort sahen, trieb uns weiter. Auf der rechten Straßenseite stand ein Haus mit leeren Fensterhöhlen, aus denen die Flammen züngelten. Statt der Haustür war da ein Loch in der Wand, und durch das Loch sah ich, wie Leute aus dem Keller kamen und Kopf schüttelnd sahen, was von dem Haus noch übrig war. Das war nicht viel. Immerhin war die Treppe in den Oberstock noch vorhanden, allerdings nur als nacktes Steingerippe ohne jede Holzverschalung.

Dann kamen wir an einem in sich zusammengestürzten Haus vorbei, das die Außenwand des Nachbarhauses in seinen Zusammenbruch mitgerissen hatte, so dass man ober dem hoch getürmten Schutthaufen in seinen Oberstock sehen konnte, in eine Küche mit Einrichtung in weißer Farbe und in ein Zimmer, auf dessen Fußboden Spielzeug lag, ein Kreisel, eine Puppe, ein Ball und Bauklötze, wahrscheinlich ein Kinderzimmer. Es war seltsam still auf der Straße. Hin und wieder standen Einheimische vor brennenden Häusern und auch vor solchen, die von den Bomben verschont geblieben waren. Keine Fahrzeuge waren unterwegs, bis auf ein Feuerwehrauto, das stand an einer Straßenecke, und ein Mann hielt mit gesenktem Kopf einen Schlauch und spritzte Wasser in das Fenster eines Hauses, aus dem die Flammen schlugen. Das half nicht viel.

Nach dem Ortsende führte die Straße auf erhöhter Böschung durch freies Feld. Von der Böschung sahen wir auf ein Wolkengebilde hinunter, wie eine Haube aus blaugrauem Rauch. Die Mutter vermutete darunter einen brennenden Bauernhof. Dann trieb uns ein lauter werdendes Rattern am Himmel von der Straße. Ein Flugzeug. Wir liefen von der Böschung hinunter in einen Feldweg zwischen Zäunen und hoch gewachsenen Sträuchern und kamen zu einem Bauernhof, dessen breites Tor offen stand. Hinter dem Tor, wahrscheinlich das Scheunentor, waren viele Menschen versammelt. Die Mutter stellte sich mit mir dazu. Der Mann, der ihr den Koffer zu tragen geholfen hatte, war nicht mehr zu sehen.

Wir warteten, bis das Flugzeug nicht mehr zu hören war. Die Leute schienen sich irgendwie auszukennen mit den feindlichen Fliegern und wie man der Bombengefahr begegnen musste. Sie wirkten selbstbewusst und schienen keine Angst zu haben. Das beruhigte mich, und ich stapfte sehr müde mit der Mutter weiter die Straße entlang. Sie musste nun den Koffer wieder alleine schleppen und auch die Reisetasche, in der ich Hansi und die Winkerkelle wieder verstaut hatte.

Gegen Abend hatten wir endlich das Ziel des mühsamen Fußmarsches erreicht. Der Bahnhof, von dem am nächsten Morgen der Zug weiterfahren sollte, war sehr klein. Ob ich mich erleichtert fühlte, weiß ich nicht mehr. Wahrscheinlich war ich zu müde, etwas zu fühlen. Die Mutter gab den Koffer in der Gepäckaufbewahrung ab und meldete sich an einer Sammelstelle für Ausgebombte, damit man ihr für die Nacht ein Quartier zuteilte. Das klappte auch. Vom Bahnhof ging es die Straße bergauf, bis wir zu dem kleinen Häuschen kamen, in dem wir eine Schlafstelle zugewiesen bekamen, nachdem wir in der Küche etwas zu essen bekommen hatten. Was das war, weiß ich nicht mehr. Wir schliefen dann oben unter dem Dach auf einem ausgebeulten, raschelnden und mit piekendem Stroh gefüllten Sack, ich neben der Mutter, und an Schlaf war kaum zu denken, denn immerzu juckte es und kratzte es mich irgendwo am Körper. Das war das trockene und harte Stroh, und es waren wohl auch die Läuse. Jedenfalls sagte die Mutter am nächsten Morgen, in dem Bettsack seien Läuse gewesen.

Es war finster, als wir wieder zum Bahnhof hinunter gingen. Eine trübe Funzel gab notdürftig Licht. Schattenhafte Gestalten bewegten sich in ruhiger Eile, lautlos. Auf dem Gleis stand mächtig und dunkel die Zuggarnitur. Licht gab es da nicht. Die Mutter schob mich in einen der Waggons und trug mir auf, da im Gang auf sie zu warten. Sie musste in der Gepäckaufbewahrung noch den Koffer holen. Ich war allein im Finstern zwischen all den Leuten, die um mich herum standen oder auf dem Boden saßen oder lagen. Die meisten waren Verwundete. Ich erinnere mich noch an einen geschienten Arm, der hoch in die Luft ragte und zu einem Mann gehörte, der flach auf dem Boden lag. Auf einmal wurden die Türen geschlossen. Der Zug fuhr an, und die Mutter war nicht da.

Ich erschrak gewaltig, und es muss jemandem aufgefallen sein, wie ängstlich und allein ich war. Jedenfalls wurde ich in ein Zugabteil geschoben, und dort konnte ich mich einem alten Soldaten auf die Knie setzen. Der starrte trübsinnig und schweigend vor sich hin, und es war nicht zu erkennen, ob er zu den anderen Uniformierten gehörte, die neben ihm auf die Holzbank gedrückt saßen. Es war stickig in dem übervollen Abteil, und bevor die Verlassenheitsangst ganz in mir hochgekrochen war, hörte ich die Mutter rufen. „Peter!" rief sie und schob sich mit Koffer und Reisetasche durch den Gang und zwischen den Leuten hindurch auf mich zu und nahm mich vor dem Abteil in die Arme. Das war noch mal gut gegangen!

Die Weiterfahrt bekam ich wie in Trance mit, stehend an der Seite der Mutter auf dem Gang vor einem der übervollen Zugabteile. Neben uns der Koffer und die Reisetasche. Dann sitzend auf dem Koffer. Hundemüde war ich und konnte nicht mehr. Dann saß die Mutter auf dem Koffer und ich stand, sah aus dem Fenster und sah nichts. Als wir endlich

Sitzplätze bekamen, war der Zug fast leer. Wir hatten eine ganze Sitzbank für uns. Ich hörte noch die Mutter, sie meinte, hier seien schon Berge zu sehen. Dann hörte ich nichts mehr. Ich hatte mich auf der Bank lang ausgestreckt und schlief.

Diese Etappe der Flucht war wie eine Zäsur für mich. Ich wollte nicht mehr fort aus Berlin, ich wollte nur noch irgendwo ankommen, kam aber nirgends an. Die Räder des Zuges ratterten, dann standen sie ziemlich lange still, dann ratterten sie wieder, dann wurde es dunkel, dann war es auf einmal sehr hell um mich. Der Zug hielt, und Poltern und schleifende Geräusche waren zu hören. Leute stiegen aus und ein. Doch ich konnte weiter auf der Bank liegen und schlafen, während die Räder des Zuges wieder ratterten.

Ich habe nur unklare Erinnerungen an diesen Teil der Fahrt und an Fliegerangriffe gar keine. Ich weiß nicht, ob es Tag war oder Nacht, wenn der Zug hielt, und vielleicht gab es Fliegeralarm, wenn er länger still stand. Doch wenn ich die Äußerung der Mutter in Betracht ziehe, dass wir auf der Flucht drei Tage lang unterwegs gewesen seien, denke ich, dass wir über Nacht auf den Bodensee zugefahren und dabei in die Nähe der französischen Front gekommen sind. Denn Konstanz war damals schon von den Franzosen besetzt. Und knapp vor Konstanz, vielleicht in

Friedrichshafen oder in Meersburg, muss der Zug die Fahrtrichtung geändert haben und auf Bregenz zugefahren sein.

Als wir dann in Bregenz ausstiegen, begriff ich, was ein Berg ist. Gleich hinter der Stadt, nah dem Bahnhof, ragte der Pfänder in den Himmel, steil, fast wie eine bewaldete Wand, die unter einem dünnen Nebelschleier in der Sonne schimmerte und glänzte. – Wenn ich dieses Bild in Betracht ziehe, das ich immer noch in mir trage, müssen wir am frühen Vormittag in Bregenz angekommen sein. So sieht der Pfänder auch heute noch frühmorgens aus, wenn die Sonne scheint.

Mit der Wälderbahn, einer Schmalspurbahn mit eigenem Gleis, mussten wir weiterfahren. Das hatte Tante Hilda geschrieben. Die Mutter erkundigte sich nach der Abfahrtszeit der Bahn, und dann setzten wir uns am Rand des Franz-Josef-Platzes auf eine Bank. Das war in der Nähe des Bahnhofs. Den Koffer hatte die Mutter bei sich behalten, worüber ich sehr erleichtert war. Doch dann durchzuckte mich der Schreck. Die Sirene! Fliegeralarm! Ich wollte in einen Keller. Doch die Mutter blieb sitzen. Nirgendwo sahen wir in der Nähe eine offene Tür. Und einen großen öffentlichen Bunker gab es hier offenbar nicht. Von ganz weit weg am Himmel, der ober den Kronen der Bäume nicht zu sehen war, kam das Brummen der Flugzeugmotoren. Als es verstummte, wurde Entwarnung gegeben, und es war bald Zeit zur Abfahrt mit der Wälderbahn.

In Langen-Buch mussten wir aussteigen. Doch jetzt? Auf der einen Seite der Gleise ging ein steiler Weg den Berg hinauf, auf der anderen Seite der Gleise ging ein steiler Weg den anderen Berg hinauf, und wir gingen den falschen Weg. Das merkten wir, als wir den ersten Bauernhof von Buch erreichten und die Mutter fragte, wo es nach Hup gehe, sie wolle da ihre Schwester treffen. Hup liege hinter Langen auf dem Berghang gegenüber, sagte die Bäuerin und gab uns für die Nacht Quartier. Dann fügte sie noch hinzu, dass dort vor ein paar Tagen zwei Frauen mit Kindern angekommen seien. In den Bergdörfern scheint ein unsichtbares Informationsnetz gut zu funktionieren.

Der Weg, den wir am nächsten Vormittag zu bewältigen hatten, bergab und wieder bergauf, war mehr als mühsam. Schon unten im Tal an der Bahnstation gab ich der Mutter Hansi und Winkerkelle zu tragen. Sie steckte beides in die Tasche, und ich habe noch heute vor Augen, wie sie hinter mir Tasche und Koffer den sehr steilen Weg den Berg hinauf schleppte. Immer wieder musste sie den Koffer absetzen und eine Pause einlegen. Auch dass ich ihr stellenweise zu helfen suchte und die Reisetasche ein

Stück weit an mich nahm, brachte ihr keine wirkliche Erleichterung.

Endlich wurde der Weg flach. Es ging zwischen Feldern an Stacheldrahtzäunen, verstreuten Bauernhöfen und bellenden Hunden vorbei. Zum Glück hingen die graubraunen, oft schwarz gefleckten Tiere mit struppigem Fell an Laufleinen. In einem der Höfe erbettelte die Mutter ein Ei. Wir gingen weiter, die Sonne stand hoch am Himmel, die Luft war sehr warm, und wir hörten die Bäuerinnen rufen: „Eassa ku. Grumbara giabt´s!" Es war Mittag. Ich verstand die Rufe erst, als die Mutter übersetzte: Essen kommen, Grumbara gibt´s. Dass Grumbara Grundbirnen sind und dasselbe wie Erdäpfel, also Kartoffeln, begriff ich schließlich auch und bekam Hunger.

Das Ortsschild benannte das nächste Dorf mit eng nebeneinander stehenden Häusern und Höfen: Langen. Wir gingen auf der Umgehungsstraße. Ich sah den spitzen Kirchturm hinter dem mächtigen Hof, der auch eine Gastwirtschaft war, dann konnte ich nicht mehr weiter. Die Mutter holte die Decke aus der Reisetasche, breitete sie auf einem Grasfleck zwischen Straße und Buschwerk aus, und wir setzten uns. Am liebsten hätte ich mich hingelegt und geschlafen. Doch die Mutter hielt mich wach, indem sie mir das schaumig gerührte rohe Ei, das sie erbettelt hatte, zu essen gab. Ich war nicht satt und immer noch hundemüde, konnte aber weiter gehen.

In einem Rinnsal, das links der Straße eine hohe Wand herunter und unter der Straßenbrücke weiter lief, bis es in eine tiefe Schlucht fiel, konnte ich mir die Hände waschen, und mit einer Handvoll Wasser kühlte ich auch Gesicht und Brust. Dann traten wir aus dem Schatten von Buschwerk, Tannen und Felswand hinaus in die Sonne. Vor uns lag ein breites, welliges Wiesental zwischen dem vom Straßenrand steil ansteigenden Gelände und den hohen Berghängen in der Ferne rechts von uns. Die staubige Straße führte an Feldern vorbei, an vereinzelt stehenden Gehöften und einem Sägewerk. Die Frau, die uns entgegen kam, muss uns angesehen haben, dass wir am Ende unserer Kräfte waren. Sie bat uns, mit ihr zu kommen, den Abhang hinauf zum Hof, dort könnten wir mit ihrer Familie zu Mittag essen.

Was folgte, war dann ein Schock für mich. Wir alle saßen auf Bank und Stühlen um einen großen Tisch herum. Der Bauer, die Bäuerin, irgendwelches Gesinde, zu dem vielleicht auch ihre Kinder gehörten, und wir. Jeder von uns hatte einen Löffel vor sich liegen, und wir alle löffelten aus einer Schüssel, die mitten auf dem Tisch stand. Teller gab es nicht. Wir aßen Brennnessel Spinat, frisch vom Wegrand gepflückte Brennnessel. Zweifelnd aß ich und war froh, dass ich mir mit den Brennnesseln nicht den Mund verbrannte. Und weil ich Hunger hatte, aß ich auch mehr als einen Löffel, war aber erleichtert, als die Schüssel leer war und wir weiter gehen konnten. Den Weg hinunter und dann die Straße lang immer geradeaus, sagte die Bäuerin, bis zu den zwei Wohnhäusern, bevor es zum Fluss hinunter gehe, das seien die einzigen Wohnhäuser in der Gegend, sonst gebe es da nur verstreut liegende Bauernhöfe. In eins der Häuser seien zwei Wienerinnen mit ihren Kindern eingezogen.

Ich konnte kaum mehr klar sehen, als wir nach Hup kamen. Auf einmal lief uns auf der Straße eine Frau entgegen. Schattenhaft erkannte ich sie im Widerschein der brennenden Sonne. Tante Hilda und die Mutter umarmten sich. Ralfi stand auch dabei. Hilda nahm den Koffer, die Mutter trug die Tasche, und wir gingen im ersten der beiden Wohnhäuser am linken Rand der Straße in den ersten Stock hinauf. Da hatten wir ein Zimmer mit den beiden Betten, die hintereinander an der langen Wand gegenüber der Tür standen, und einem Schrank zwischen den Betten. Ich hatte das Gefühl, jetzt endlich lange schlafen zu können.

Angekommen

Wir waren angekommen. Wo, wusste ich zwar nicht genau, dass jetzt aber alles anders würde, ahnte ich. Bereits der erste Tag in Hup war wie eine Befreiung für mich. Ohne Sirene und ohne Mutter konnte ich mich frei im Freien bewegen, um das Haus herum und den Wiesenhang hinauf oder über die Straße, auf der kein Auto fuhr, und hinter den Bauernhof, der gegenüber dem Haus lag, in dem wir wohnten, und das Feld hinunter. Und ich konnte frei und ungezwungen auf andere Kinder zugehen, die Bauernkinder von den umliegenden Höfen, unter denen ich mich besonders an Heiner anschloss, den Sohn der Gieselbrechts, denen der Bauernhof gegenüber unserem Wohnhaus gehörte. Heiner war so alt wie ich und etwas dicklich. Er sprach ein ganz anderes Deutsch, als ich es gewohnt war. Trotzdem verstand ich ihn, wenn man mir auch manchmal auf die Sprünge helfen musste.

Allerdings brauchte ich eine Brücke, um Zugang zu den Bauernkindern zu bekommen. Die bauten mir die Wolst-Buben, die schon etwas länger in Hup und fast schon heimisch waren. Die Irmi Wolst wohnte mit ihren Kindern einen Stock unter uns, im Parterre des Wohnhauses an der Straße. Ihre Söhne hießen Peter, Harald und Detlef und waren älter als ich. Deshalb konnte ich nicht viel mit ihnen anfangen, schloss mich ihnen aber gerne an, wenn es hinaus ging auf die Straße oder auf die Felder. Dort und in Scheunen und Ställen trieben wir uns dann mit den Bauernkindern herum.

Es war aber immer noch Krieg. Das war nicht zu übersehen. Ein einzelnes Flugzeug, ein goldenes Kreuz, das hoch am blauen Himmel über uns flog, fiel mir gleich auf. Immer wieder sah ich zu diesem Flugzeug hoch. Doch Heiner beruhigte mich. Der Flieger sei weiter nicht wichtig, sagte er, es sei nur ein französischer Aufklärer. Der schaue nach, was hier los sei.

Und dann fiel mir ein Soldat auf. Wir hatten die Nockerlsuppe gegessen, eine ziemlich dünne Suppe mit Nockerln aus Wasser und Mehl, eigentlich nur Wasserspatzen, und ohne jedes Gemüse, denn an Karotten, Schnittlauch oder Petersilie bekamen wir in der bäuerlichen Gegend nicht. Und nach dem Essen sah ich ihn: einen Mann in Uniform auf dem Fahrrad. Ob er ein Gewehr bei sich hatte, weiß ich nicht, aber etwas anderes fiel mir auf. Der Mann war alt, jedenfalls viel älter als mein Vater oder die Soldatenburschen, die ich in Berlin gesehen hatte. Das sei einer vom Volkssturm, sagte Harald, der Sohn der Irmi Wolst, der vor dem Haus auf mich gewartet hatte. Was der Volkssturm war, wusste ich nicht, nickte aber verständnisvoll und sah, wie der Soldat sein

Fahrrad an die Wand des Bauernhofs der Gieselbrechts stellte und in der Scheune verschwand.

Solche Leute vom Volkssturm sah ich in der Folge vereinzelt immer wieder. Eine Ahnung davon, dass diese Männer mehr waren als ein verstreuter Haufen älterer Soldaten, bekam ich aber erst etwa zwei Tage später. Meine Mutter hatte in der Sennerei oben am Hügel über der Straße Milch geholt und ging mit mir an vereinzelt stehenden Bauernhöfen vorbei den Feldweg hinunter. Bevor wir die Hauptstraße erreichten, kam uns ein Soldat vom Volkssturm entgegen. Groß und bullig sah er aus, deutete auf meinen Winker und sagte: „Als kriegswichtiger Gegenstand konfisziert." Dann nahm er mir den Winker ab und ging davon.

Ich schaute ihm etwas ratlos nach, bis mich die Mutter am Arm fasste und wegzerrte. Tante Hilda hätte schon zu Mittag gekocht. Nach dem Essen sah ich meinen Winker aber wieder. Heiner führte uns in die Scheune seines Vaters, und zwar durch eine Tür, die in dem großen geschlossenen Scheunentor eingelassen war. Diese Tür im Tor beeindruckte mich sehr. Und da standen wir dann in der Scheune: der Ralfi, die Wolst-Buben, Heiner und noch ein paar andere Bauernbuben und ich. Was wir sahen, nahm mir fast den Atem. Die Scheune war voll von Männern, von Soldaten des Volkssturms. Sie standen in Reih und

Glied und exerzierten. Und vor ihnen stand der bullige Kerl mit meinem Winker. Zeigte er Rot, gab er damit einen bestimmten Befehl, bei Grün einen anderen. Und der Volkssturm folgte den wortlosen Befehlen. Welchen, weiß ich nicht mehr, aber immerhin das eine wusste ich nun: was kriegswichtig ist.

Dann kam der Tag, an dem sich die Wetterlage änderte. Es zogen wieder Wolken über dem grünen Bauernland auf. Nur in der Ferne, jenseits der Weissach, über die eine Brücke führte, zu der man auf der abschüssigen Straße hinter unserem Wohnhaus kam, war ein Stück blauer Himmel zu sehen. An diesem Tag hörte ich im Volksempfänger, der im Wohnzimmer von Tante Hilda auf dem Tisch stand, dass Hitler gefallen war, an der Spitze seiner Truppen im heldenhaften Abwehrkampf in Berlin. Tante Hilda und meine Mutter nahmen die Nachricht kommentarlos zur Kenntnis. Eine Frau, die bei uns zu Besuch war, schluchzte: „Dort hinten, wo der Himmel blau ist, ist noch das Deutsche Reich." Sie schaute dabei in Richtung der Weissach, die seit Kriegsende wieder Grenzfluss zwischen Österreich und Deutschland ist.

Ich nahm die Nachricht gleichgültig zur Kenntnis, und daraus, dass ich nicht nachfragte, wer dieser gefallene Hitler sei, schließe ich, dass ich den Namen schon gehört hatte. Aufgeregt und geradezu ängstlich war ich aber, als ich gegen Abend einen Mann in

Uniform vor unserer Tür stehen sah, und zwar vor der Hintertür auf der von der Straße abgewandten Seite des Hauses. Er sei auf der Flucht und brauche für die Nacht ein Quartier, sagte er. Und Mutter und Tante gaben es ihm. Von der Mutter erfuhr ich später, dass der Mann zur SS gehörte. Am nächsten Morgen war er verschwunden, und ich war erleichtert. Einerseits weil ich irgendwie spürte, dass mit solchen Männern nicht zu spaßen war, andererseits weil ich überhaupt fremde Männer in unserer Wohnung nicht mochte.

An diesem Tag war der 1. Mai. Überall hingen große rote Fahnen aus den Fenstern. Ein Bild, das mich froh stimmte, zumal die Mutter sagte, die Leute wollten mit den Fahnen den Beginn des Monats Mai feiern. Wenn ich darüber nachdenke, komme ich zu zwei möglichen anderen Deutungen. Nach der einen könnte es sein, dass sie damit den von Schuschnigg eingeführten österreichischen Nationalfeiertag feiern wollten. Denn Langen und Hup gehörten wie Bregenz vor dem Anschluss zu Österreich. Doch wenn wir auch in den letzten Tagen eines verlorenen Krieges waren, traue ich der Bevölkerung den entsprechenden Mut dazu nicht zu. Den Namen Österreich gab es für das noch herrschende Regime nicht. Daher neige ich eher zu der zweiten Deutung, mit der mich die Mutter offenbar nicht konfrontieren wollte: dass die Leute damit ihren Kampfes- und Durchhaltewillen zeigen wollten, indem sie statt weißer Fahnen rote aus den Fenstern hängten. Dass es damit allerdings nicht weit her war, zeigte der nächste Tag.

Dann die Franzosen

Der Tag begann mit einer Explosion. Wir saßen beim Frühstück, als ich den gewaltigen Krach hörte. Die Fensterscheiben schepperten. Tante Hilda sah meine Mutter erschrocken an. Ich lief zum Fenster und sah hinaus. Der Himmel war wolkenverhangen. Eine leere Papiertüte wehte in der diesigen Luft locker über die menschenleere Straße. Dann änderte sich das Bild. Heiner kam aus der Haustür des Hofs gegenüber. Hinter ihm seine älteren Geschwister. Über die umliegenden Felder liefen ein paar Bauernkinder, Buben und Mädchen, auf den Hof zu, hinter dem die Ursache des Explosionsgeräuschs zu vermuten war. Einen Stock unter uns polterten die Wolst-Buben aus dem Haus. Ich sah fragend zu meiner Mutter hinüber. Sie nickte, und ich lief mit Ralfi hinaus auf die Straße.

„Der Volkssturm hat die Brücke über die Weissach gesprengt!" sagte der Bruder von Heiner.

Die Weissach war ganz in der Nähe. Zur Brücke über den Fluss kommt man auf einer kurzen abschüssigen Straße, die von der Kreuzung gleich nach unserem Wohnhaus abzweigt, während die Straße von Langen an dieser Kreuzung rechts abzweigt Richtung Thal.

„Und die Brücke beim Wirtatobel haben sie auch gesprengt", sagte ein anderer der Bauernbuben, den ich nicht kannte. Jetzt kämen die Panzer der Franzosen nicht mehr bis Hup, freuten sich einige. Weder über das Allgäu kämen sie, denn da müssten sie über die Weissach, noch von Bregenz kämen sie herauf, denn beim Wirtatobel gehe es nicht mehr weiter. Damit sollte wohl gesagt sein, dass wir jetzt in Sicherheit waren. Doch das begriff ich nicht, weil ich mich in der Gegend nicht auskannte.

Von Panzern hatte ich in Berlin schon gehört. Ich hatte zwar keine Ahnung, wie so ein Panzer aussah, spürte aber, dass etwas Bedrohliches und sehr Gefährliches von so einem Panzer ausging. Und deshalb war es gut, dass die Brücken gesprengt waren und die Panzer nicht zu uns kommen konnten.

Es hängt wahrscheinlich mit diesem Gefühl einer begrenzten, aber deutlich empfundenen Sicherheit zusammen, dass Tante Hilda und meine Mutter uns erlaubten, weiter mit den anderen Kindern im Freien herumzustreunen. Mit Ralfi, den Wolst-Buben, Heiner und anderen Bauernkindern trieb ich mich den ganzen Vormittag über auf den Feldern oberhalb der staubigen Straße herum. Offenbar war keinerlei Gefahr im Verzug. Vom Volkssturm, der die Brücke über die Weissach gesprengt hatte, war kein Mann zu sehen. Auch kein Soldat zeigte sich, und Flugzeuge waren bei dem diesigen Wetter auch nicht am Himmel. So gab es nichts, was unseren fröhlichen Zug über die vereinzelt stehenden Bauernhöfe am Hang oberhalb der Straße hätte stören können. Ob an diesem Vormittag Kühe auf den Weiden waren, weiß ich nicht mehr. Doch wir konnten Kätzchen streicheln, hinter gackernden Hühnern herlaufen oder hinter blökenden Schafen. Ich erlebte da ein ländliches Idyll, das später Alltag für mich wurde, damals aber etwas Überraschendes und Neues war.

Doch ein erster Schatten legte sich auf das Idyll, als wir auf den Hof vom Kaspar Fink kamen. Es war der Hof, in den einen Tag später meine Mutter mit mir einquartiert wurde. Die Panzer kämen, hieß es da, sie wären schon in Hittisau. Die Panzer mussten also einen anderen Weg in das Bauernland am Ende der Welt gefunden haben.

Ich stieg mit den anderen Kindern die Treppe in den Keller hinunter. Das heißt, nur weil die Treppe abwärts ging und es unten, wenn man von oben hinuntersah, dunkel war, war es für mich eine Kellertreppe. Wandte ich mich unten um, breitete sich dämmriges Licht aus, und ich konnte durch die in normaler Höhe über dem Boden liegenden Fenster des Kellers den Wiesenhang hinunter bis zur menschenleeren Langener Straße sehen. Der Keller war nicht so, wie ich mir Keller vorstellte, sondern nur ein kellerartiges Geschoss unter dem darüber liegenden und in den Hang hineingebauten Wohntrakt. Verglichen mit dem Keller in Berlin, bot er keinerlei Sicherheit.

Dass wir so selbstverständlich in den zumindest für mich fremden Bauernhof hinein und die Kellertreppe hinunter gehen konnten, fiel mir damals nicht sonderlich auf. Ich war ja unter Kindern und folgte den anderen, ohne lange über alles nachzudenken. Heute bin ich mir ziemlich sicher, dass es mit der unverrückbaren Vertrauensseligkeit der Bauern zusammenhing, die so felsenfest in ihnen verankert war, dass in der Kriegs- und Nachkriegszeit die Häuser und Gehöfte der Gegend nie abgeschlossen wurden.

In dem Kellergeschoss saßen Männer vom Volkssturm herum. Viele waren es, der muffige Raum war voll von ihnen. Ich sah, dass sie meinen Winker, den mir einer ihrer Führer abgenommen hatte, nicht dabei hatten. Ziemlich verzagt sahen sie aus. Noch heute ist mir ein Mann in Erinnerung, der unter seiner grauen Schirmmütze missmutig vor sich hin starrte. Die Männer wirkten apathisch und inaktiv. So etwas kannte ich nicht.

„Die müssen doch hinunter auf die Straße und Panzerlöcher ausheben, Straßensperren errichten", sagte ich zu Heiner und dachte dabei auch an tiefe Gräben quer zum Verlauf der Straße, die dadurch unpassierbar gemacht werden sollte. Doch kein Mensch war auf der Straße zu sehen, über die die Panzer kommen würden.

Danach ging alles sehr schnell. „Die Panzer sind schon in Langen und rollen auf Hup zu", sagte jemand, der die Kellertreppe herab kam. Die Bauernkinder, die mit uns unterwegs waren, liefen aus dem Keller hinaus ins Freie und weiter. Ich sah aus dem Fenster. Auf der Straße neben unserem Wohnhaus stand Tante Hilda und winkte. Hinter ihr glaubte ich meine Mutter und Irmi Wolst zu erkennen. Wahrscheinlich sahen die Frauen uns gar nicht im Kellergeschoss des Bauernhofes, doch sie vermuteten, wo wir waren. Die Wolst-Buben voraus, liefen wir durch die Kellertür hinaus auf das Feld unter dem Bauernhof. Dann ging es über Karrenweg und weiteres Feld hinunter zu unseren Müttern.

Im Haus, in dem wir Quartier hatten, holten wir vom Wohnzimmer oben noch einen kleinen Koffer, und ich musste mich umziehen und stieg in einen einteiligen roten Strickanzug mit Gamaschen über den Schuhen und griff mir den Hansi, der auf dem

Bett saß, und dann wurden die langen Schatten über dem ländlichen Idyll zu dunkler Nacht.

Wir saßen unten im Keller. Er wirkte nicht sehr stabil, doch immerhin war er etwa zur Hälfte unter Straßenniveau, und durch einen schmalen Fensterschlitz sah man auf die Straße hinaus. Ich fühlte mich nur halb in Sicherheit, ähnlich wie im Kohlenkeller der Pratis in Wien, und das auch nur deshalb, weil auch die anderen da waren: die Irmi Wolst mit ihren drei Kindern, Tante Hilda mit Ralfi und die Mutter.

Wir saßen verteilt auf den sechs, sieben Kisten, mit denen die Irmi von Wien hier angereist war. Damit hatte sie bei den Bauern sicher viel Eindruck gemacht. Heute kann ich mir denken, was in den Kisten war: Pelze, Schmuck, Geschirr, Vasen, Kleider etc. Damals interessierte mich der Inhalt der Kisten nicht. Ich sah auf den kleinen Koffer, den meine Mutter bei sich hatte, auf Koffer und Taschen, mit denen die anderen im Keller saßen, und auf Hansi, meine Stoffpuppe. Hansi hatte ein weißes Gesicht mit blauen Augen und einer roten Nase, die gut zu meinem Strickanzug passte. Puppe wie Anzug hatte meine Mutter gemacht.

Nur wenig Licht fiel durch das niedere Kellerfenster knapp über Straßenniveau. Ich hörte auf das Rasseln der Panzerketten draußen. Im Keller war es still. Die Frauen rührten sich nicht, wir Kinder waren auch still. Einiges erinnerte an Berlin. Von außen, durch Kellerwände und Fensterluken, die in Berlin allerdings fest verschalt waren, kamen Gefahrengeräusche. Die Urheber dieser Geräusche waren hier aber ganz nah, in Berlin waren sie weit weg, oben am Himmel gewesen. Dennoch hatte ich in Berlin viel mehr Angst gehabt als hier in Hup. Denn hier hatte ich keine Sirene gehört, und so fühlte ich mich im Keller, nur durch verhältnismäßig dünne Wände von den vorbeirasselnden Panzern getrennt, einigermaßen sicher. Heute glaube ich, in den Dörfern hinter Bregenz gab es gar keine Sirene.

Bei den Frauen schien das anders. Sie achteten auf alle Geräusche draußen und ober der Kellerdecke im Haus. Ging da jemand? Die Mutter horchte die Kellertreppe hinauf. Hinter der Kellertür war etwas zu hören. Die Frauen achteten wie gebannt auf die eigenartigen Geräusche. Es waren nicht gerade Schritte, doch ein eigenartiges Poltern und dumpfes Klatschen. „Wir müssen die Tür aufmachen und ein weißes Handtuch hinaushalten!" rief Irmi.

Tante Hilda und meine Mutter stiegen die Kellertreppe hinauf und wollten die Tür öffnen, während Irmi in einer der Kisten nach einem weißen Handtuch kramte. Die Tür klemmte. „Wir bekommen sie nicht auf!" schrie Tante Hilda, Angst in der Stimme. Nachdem Irmi dazu getreten war und sich die Frauen gemeinsam gegen die Tür gestemmt hatten, sprang sie auf. „Es brennt! Raus hier!" rief meine Mutter. Und dann liefen wir alle hinaus in den Flur. Ich hatte gerade noch Zeit, nach Hansi zu fassen.

Dann sah ich brennende Türrahmen und Balken, Platten und Pfosten, die Funken sprühend das Stiegenhaus herunter polterten, ich hörte Prasseln und Zischen und immer wieder dumpfe Töne, wahrscheinlich Einschläge der Panzergranaten. Wir liefen zur Haustür. Um uns nur braune Schwaden, Rauch und gelbrot züngelnde Flammen.

Draußen war alles grau, tief grau. Ein wolkiger und tief hängender Himmel, unter dem, in der diesigen Luft nur als Schatten sichtbar, bucklige graue Ungetüme mit langen Rohren vorne und hohen Türmen obenauf über die Straße rollten. Meine Mutter hielt mich fest an der Hand, und mit der anderen hielt ich Hansi, als wir vor einem der Panzer, der mir ungewöhnlich hoch und groß vorkam, hinüber liefen zum Hof der Gieselbrechts. Heute glaube ich, ich hatte damals gar keine Zeit, Angst zu bekommen.

Vor dem Hof standen viele Leute, die das Schauspiel der vorbeirollenden Panzer beobachteten. Wir schlüpften zwischen den Leuten durch und durch die Haustür in den Vorraum des Bauernhauses. Tante Hilda und Irmi Wolst mit ihren Kindern waren auch dabei. Ein paar Minuten später waren wir wieder draußen. Jemand hatte uns hinausgewiesen, ich denke, es war die Bäuerin.

Wir standen nicht lange zwischen den Leuten vor dem Bauernhof, aber lange genug, dass sich dieses Schreckbild der beiden brennenden Häuser gegenüber der Straße unauslöschlich in mir festsetzte. Es waren die letzten Häuser vor dem Fluss, der nach dem Krieg wieder zum Grenzfluss wurde. Beklommen machte mich nicht so sehr der Umstand, dass wir eben noch im Keller des ersten, des linken Hauses gesessen hatten, sondern dieses dicke Rauchband, das in einem gewölbten Bogen wie ein zügelnder Rüssel vom Dachstuhl des rechten zu jenem des linken Hauses leckte. Und unaufhörlich rasselten aus Richtung Langen die Panzer an den beiden Häusern vorbei, schossen dumpf bellend aus den drohend langen Kanonenrohren in die Häuser hinein und bogen dann rechts ab in Richtung Thal. Die Soldaten wussten offenbar, dass sie geradeaus nicht fahren konnten, weil die Brücke über die Weissach gesprengt war.

Ich sah das Feuer, den Rauch, die rasselnden stählernen Ungetüme auf der Straße, und ich hörte das dumpfe Bellen der Panzergeschosse. Dann sah ich meine Mutter an, und sie sah mich an und rief auf einmal. „Weg hier!" Mit festem Griff nahm sie meine Hand und rannte mit mir um das Gebäude herum hinter das Haus. Tante Hilda, Irmi, ich und die anderen Kinder folgten ihr.

Hier war es still und friedlich. Ich sah einen Misthaufen, Wiesenboden, ein auf die Erde gedrücktes Gatter und atmete tief durch. Nur wie von weit weg hörte ich das Rasseln der Panzerketten auf der Straße, an der die Menschen vor dem Hof der Gieselbrechts Spalier standen. Am liebsten hätte ich mich mit Hansi im Arm niedergesetzt, doch die Mutter rief: „Weiter!" Und wir alle rannten über das Feld auf den nahen Wald zu.

Da wir uns aus dem Schatten des Bauernhofes gelöst hatten, waren wir für die Panzerschützen nun gut sichtbar. Und sie schossen uns sofort nach. Deutlich hörte ich das pfeifende Zischen der Geschosse über unseren Köpfen. Lang hingezogen war dieses Zischen. Vor einem breiteren Buschwerk warfen wir uns auf den Boden. Glühende Kugeln habe sie gesehen, meinte meine Mutter später. Heute glaube ich, dass das auf Leuchtspurmunition hindeutet, mit der die Panzerschützen über uns hinweg schossen. Ich glaube nämlich nicht, dass sie uns wirklich treffen wollten. Denn das hätten sie nur zu leicht geschafft. Es muss aber ein Heidenspaß für die Burschen in den Panzern gewesen sein, wie da drei Frauen mit ihren fünf Kindern Sprung, Sprung, vorwärts, Marsch über das Feld hasteten. Zumal die anderen Leute einfach an der Straße standen und unbehelligt das Schauspiel, das die mächtigen Panzer boten, verfolgten. Das Fluchtverhalten der Frauen aus den Großstädten, vor allem meiner Mutter, unterschied sich deutlich vom bäuerlichen Beharrungsvermögen der Einheimischen.

Als wir wieder aufstanden und weiter über das Feld in den Wald hinein rannten, hatte der Beschuss durch die Panzerschützen aufgehört, und ich stellte fest: Hansi war verschwunden. Ich hatte meine Stoffpuppe verloren. Sofort wollte ich umkehren und sie suchen. Doch meine Mutter hielt mich zurück. Ich erinnere mich, dass ich noch Wochen später, als wir schon lange in Hup lebten, nach der Puppe gesucht habe. Auch unter dem Gebüsch, vor dem wir auf dem Boden gelegen hatten, als die Panzerkanoniere auf uns, beziehungsweise über uns hinweg schossen. Vergeblich.

Im Wald war es noch stiller als hinter dem Bauernhof der Gieselbrechts. Die Dunkelheit dämmerte herauf, und ein muffiger, modriger Geruch lag in der feuchten Luft. An die Panzer und den Krieg, wie ich ihn eben erlebt hatte, erinnerte nur ein vor der Waldgrenze einsam loderndes Feuer. Wahrscheinlich ein in Brand geschossener Schuppen. Dort könnte eine Feuerstellung des Volkssturms gewesen sein.

Die Nacht war kühl. Ich lag auf dem kleinen Koffer, den die Mutter aus unserer Wohnung geholt hatte. Der schützte mich gegen die Feuchtigkeit des Waldbodens. Die anderen lagerten sich auf Jacken oder irgendwelchen Bündeln oder Koffern. Ob die Mutter eine Unterlage zum Schlafen hatte, weiß ich nicht. Später führte sie ein Ziehen im Unterleib auf eine Nierenerkältung zurück, die sie sich in dieser Nacht zugezogen habe. Dass es sich dabei um die Anzeichen einer tödlichen Erkrankung handelte, konnte ich mir erst später denken. Damals dachte ich vor dem Einschlafen im dunklen Wald, in dem sich die Erwachsenen nicht vor einer Begegnung mit dem Wolf, sondern mit fremden Soldaten fürchteten, an etwas ganz anderes. Ich hatte eine Idee, die mit der Frage der Mutter zusammenhing, was zu tun wäre, wenn die Truppen kämen. Sie sagte Truppen und nicht Feinde oder Soldaten. Und ich dachte: Wenn so einer kommt, sage ich einfach: Wenn du mein Freund sein willst, dann tu mir nichts.

Diese Übernachtung im Wald hätten wir uns sicher ersparen können, wenn die Frauen nur den Anblick der Panzer und der Abfackelung der beiden Häuser ertragen hätten. Eine Schlafstätte in einer Scheune hätten wir wohl gefunden. So aber war die Nacht im Freien schon ein ziemlich feuchtes und kühles Erlebnis. Und als wir am nächsten Morgen aus dem Wald kamen, wurde dieses Gefühl einer Umklammerung von Nässe und Kälte noch viel stärker. Wir mussten zunächst über ein zutiefst sumpfiges Feld gehen, in dem wir bis über die Knie im Morast versanken. Die Frauen nahmen nämlich einen unbekannten Weg zurück zur Langener Straße, sie gingen seitlich verschoben von unserem Fluchtweg aus dem Wald hinaus, weil sie hofften, so nicht gleich feindlichen Soldaten in die Hände zu fallen. Mühsam gegen Sumpf und Wasser kämpfend, kamen wir zur Straße und zu einem Bauernhof, dem ein großes Sägewerk angeschlossen war. Der Hof lag ca. 400 m vor dem Anwesen der Gieselbrechts. Wir wurden freundlich aufgenommen, konnten die Kleider an einem Kaminfeuer trocknen, bekamen etwas zu trinken, und von irgendwelchen Soldaten war nichts zu sehen.

So war es auch, als wir zu dem Haus – bzw. seinen Überresten - zurück gingen, aus dessen Keller wir am Vortag geflohen waren. Kein Soldat war da, auch kein Haus und kein Haus daneben war mehr da, wir sahen nur zwei Schuttberge zwischen niederen Resten der Außenmauern. Die Keller waren eingestürzt, die Kisten von Irmi Wolst, auf denen wir gesessen hatten, gab es nicht mehr.

Leute standen schweigend herum. Jemand holte einen kleinen Metallklumpen aus den Trümmern. Ein Löffel, unter großer Hitze geschmolzen. Und über dem trübsinnigen Ruinenbild hing ein diesiger, Regen verheißender Himmel. Ziemlich armselig standen wir vor den in sich zusammengestürzten Häusern. Dann rafften sich die Frauen auf, und wir gingen auf der langen, kies- und sandbedeckten Straße nach Langen. Das Bürgermeisteramt dort war für die Unterbringung von Flüchtlingen zuständig. Ich hatte gelernt: Ich war ein Flüchtling.

Flüchtlingseinquartierung

Die französischen Panzer waren durch Hup und Langen gerollt und nicht mehr zu sehen. Auch Soldaten sahen wir keine, weder französische noch deutsche, als wir das Flüchtlingsamt verließen und die ausgetretenen Steinstufen zur abschüssigen Landstraße unterhalb der Kirche von Langen hinunterstiegen. Vor dem Amtsgebäude, das mehr einem schlichten einstöckigen Wohnhaus glich als dem, wozu es diente, war auch sonst kein Mensch zu sehen. Nur wir waren in dem Dorf unterwegs: die Emmi mit ihren drei Buben, die Tante Hilda mit Ralfi und meine Mutter mit mir. Meine Mutter sagte etwas in die auffallende Stille hinein, das so ähnlich klang wie: Der Krieg ist vorbei, jetzt ist Frieden. Das stimmte zwar nicht, zum Friedensschluss kam es erst zwei, drei Tage später. Doch sah es so aus.

In dem so genannten Amtsgebäude, erfuhr ich nach ein paar Wochen, wohnte der Bürgermeister und hatte dort auch sein Büro. Wahrscheinlich war es auch der Bürgermeister gewesen, der uns die Weisungen gegeben hatte, nach denen wir uns nun richteten. Tante Hilda ging mit Ralfi in den Hirschen. Der lag gleich gegenüber der Kirche, ein mächtiges Gebäude, und war zugleich Restaurant und Bauernhof. Da wurde sie zur Magd, zuständig für die Arbeit auf dem Feld und in der Küche. Die Irmi zog mit ihren drei Buben in ein kleines Häuschen am Rand der Straße zwischen Langen und Hup. Meine Mutter und ich begleiteten sie bis dorthin und gingen dann weiter bis Hup und zum Bauernhof von Kaspar Fink oberhalb der Straße. Wir bekamen ein Zimmer im oberen Stock, und meine Mutter wurde da zur Köchin, und zwar für alle: für den Bauern und die Bäuerin, die vier Kinder – drei Jungen und ein Mädchen – und das Gesinde und mich.

Dass sie für die Arbeit auf dem Feld nicht geeignet war, erkannte einige Tage später sogar ich, als ich sah, wie sie einige Grashalme den gleichmäßig in einer langen Reihe arbeitenden Schnittern hinterhertrug. Doch eine andere Frage beschäftigte mich sehr: Wieso sie und Tante Hilda dafür arbeiten mussten, dass sie ein Dach über dem Kopf hatten, die Irmi aber nicht. An die Antwort der Mutter, als ich sie einmal danach fragte, kann ich mich nicht erinnern, könnte mir aber vorstellen, dass die Emmi ihrer Einquartierung in das einzige freie Wohnhäuschen weit und breit mit ein paar Schmuckstücken nachgeholfen hatte. Vielleicht aber verhalf ihr auch ein gewisses Ansehen, das ihr Mann und sie in der Gegend hatten, zu der bevorzugten Behandlung. Immerhin wurde ihr Mann, gleich als er aus dem Krieg zurückkam, Leiter des Bergwerkes Wirta Tobel zwischen Langen und Bregenz und dann bald Direktor einer angesehenen Bank in Bregenz, später in Wien.

Der Hof vom Kaspar Fink und die Gegend rundum kamen mir bekannt vor. An der Landstraße unter dem Hof sah ich die Ruine des Hauses, in dessen Keller wir Schutz vor den Panzern der Franzosen gesucht hatten. Und gleich nach dem Eingang in den Bauernhof, hinter der Treppe, die vom Flur in den Oberstock führte, sah ich eine geschlossene Tür, durch die es in den Keller ging, und mir kam der Gedanke, dass ich wohl schon einmal hier gewesen sein könnte, und zwar tags zuvor zusammen mit den Wolst-Buben und anderen Kindern auf unserem Streifzug über den Berghang oberhalb der Straße, bevor die französischen Panzer anrollten. Nach einigen Kellerabstiegen in den folgenden Tagen hatte ich dann die Gewissheit, das alles schon einmal gesehen zu haben. Doch ich befasste mich nicht weiter damit und verlor zu niemandem ein Wort darüber, auch nicht zur Mutter.

Ich kann mir das nur damit erklären, dass es in dieser Zeit zu einer Zäsur in meinem Denken gekommen sein muss, sozusagen zwischen Kriegs- und Nachkriegsdenken, und ich alles, was mit dem Krieg zusammenhing, einfach verdrängen wollte. Eine Markierung dieser Zäsur zeigt sich im Unterschied zweier Kellerbilder, die ich noch heute im Kopf habe: die wie hinter einem Nebelschleier auftauchenden Volkssturm- Soldaten, die verzagt auf die heranrollenden französischen Panzer warten, und meine sehr konkreten Vorstellungen von dampfenden und zischenden Glaskolben und gläsernen Rohren an der Kellerdecke, aus denen glucksend Schnaps tropft, während oben in der Wohnküche fröhlich der Zöllner sitzt und den Schnaps serviert bekommt, dessen schwarze Brennerei er verhindern sollte.

Dieser Zöllner tat sonst an der Weißach Dienst, über die nach der Sprengung der Brücke ein schmaler Steg von Österreich nach Deutschland führte. Ich sah einmal, wie er aus Lust und Laune mit der Pistole eine Leuchtkugel in Richtung des Hofes vom Kaspar Fink schoss. Nach ein paar Monaten erzählte man mir, er sei aus dem Verkehr gezogen worden, weil er ein Auto über die österreichisch-deutsche Grenze geschmuggelt hätte. Jahre später erfuhr ich, dass er wieder eingestellt, aber dann endgültig entlassen worden war, nachdem er auf einem Grenzgang auf deutscher Seite sein Gewehr verloren oder vergessen hatte.

Der Keller, der eigentlich kein Keller, sondern das Untergeschoss des in den Hang hinein gebauten Bauernhofes war, hatte es mir angetan. In seinem halbschattigen Gewölbe war immer etwas los, etwas Geheimnisvolles, mitunter etwas Verbotenes wie das Schnapsbrennen oder das Buttermachen. Die Bauern mussten die gesamte Milch, die ihre Kühe gaben, in der Molkerei oben am Hang abliefern. Dort wurde dann die Butter, die sie brauchten, produziert und ihnen verkauft.

Oft fuhr ich in dem von Hansi, dem Pferd, gezogenen Fuhrwerk mit den Milchkannen mit zur Sennerei hinauf. Im Winter, wenn wir mit dem großen Schlitten die Straße hinauf zur Sennerei fuhren, lag so viel Schnee, dass wir mit dem Schlitten über die Straße abfahren konnten. Ein herrliches Gefühl.

Der Kaspar Fink lieferte also wirklich seine Milch oben in der Sennerei ab. Doch hin und wieder war er so frei, etwas Rahm für privaten Gebrauch abzuzweigen. Dann machte er im Keller Butter.

Sie wurde in einem geschlossenen Fass gemacht, das in einem eisernen Gestell hing und über eine Kurbelwelle von einem der Bauernkinder ständig gedreht wurde. Ich durfte das Fass auch einmal drehen. Besonders interessant war das gläserne Guckloch an der Oberseite des Fasses. Sah man nach einiger Zeit hinein, war schaumiges Weiß unter dem Glas. Aus dem Rahm war Sahne geworden. Jetzt hätte ich das Fass gerne aufgemacht. Doch es wurde weiter gedreht, und dann sah man helles Gelb hinter dem Gucklochglas. Butter. Die interessierte mich weniger, doch sie war das Ziel des illegalen Unternehmens, bei dem mich die Bauern erstaunlicher Weise mitmachen ließen.

Von den Bauernkindern drehte meistens der Herbert das Fass. Das war der Jüngste. Er war vielleicht fünf Jahre älter als ich und gab sich noch am meisten mit mir ab. Der Fritz, ein paar Jahre älter als Herbert, hatte Knochen-TB und war ebenso selten im Keller wie die Emmi, die lange schwarze Zöpfe hatte und, wie ich später feststellte, Stenographie lernte. Für Bauern keine Selbstverständlichkeit. Rudi, den Ältesten, sah ich im Keller nie. Er war groß, hatte dichte blonde Haare und ging im Kloster Mehrerau in Bregenz zur Schule, an die auch ein Internat angeschlossen war. Nach einigen Jahren hörte ich, dass er im Landwirtschaftsministerium in Wien beschäftigt und Fritz gestorben war.

Der Hof war ein Einheitshaus. Wohn- und Wirtschaftstrakt mit Stall und Tenne waren unter einem Dach und lagen quer zum Hang. Vor der Eingangstür in der Mitte der linken Schmalseite des Hofes war ein sehr kleiner Gemüsegarten, den es heute noch gibt. Dort aß ich die ersten Beeren meines Lebens: Stachelbeeren, Himbeeren, Johannisbeeren, von der Mutter Ribisel genannt. Und sie bemängelte, dass die Bauern fast nur Fleisch äßen und kaum Gemüse. Deshalb waren in dem ohnehin kleinen Gemüsegarten auch nur einige Salat- oder Kohlköpfe angebaut.

Nach der Eingangstür ins Bauernhaus ging es vom Flur rechts in die gute Stube mit Kachelofen, Tisch, Eckbank und Stühlen aus edlem hellem Holz. Doch nur ganz selten kam ich hinein. Denn die Tür war meistens verschlossen.

Immer offen war dagegen die erste Tür links vom Flur, durch die man in die Wohnküche kam, das Zentrum des Bauernhofes. Hier trafen sich alle. Rechts standen neben der Tür eine mächtige Kredenz und gegenüber ein großer eiserner Holz- und Kohleherd an einer zur Hälfte in den Raum gezogenen Zwischenwand. Der Herd diente im Winter auch als Ofen und beheizte durch Schlitze in der Decke noch einzelne Räume des Oberstockes. In der Zwischenwand, an der der Herd stand, war der Kamin, in dem der Speck hing, den der Bauer hin und wieder aus einer Klappe in der anderen Seite der Wand holte.

An der Zwischenwand vorbei kam man in den hinteren Teil der Wohnküche. Links vor dem Fester am Ende des Raumes, eingerahmt von einer Eckbank und Stühlen, stand der wuchtige Esstisch mit einer harten schnittfesten Platte in sehr dunklem Rot. Um diesen Tisch saßen Bauer und Bäuerin, Kinder, Knechte, Gesinde, die Mutter und ich, wenn wir zum Kaffeetrinken oder zum Essen zusammenkamen. Am frühen Abend gab es Stopfer, eine Art Maisschmarren, und spät am Abend Milchsuppe, die mir erspart blieb, weil ich zu der Zeit schon im Bett lag. Und hier wurde zu Mittag gegessen. Ich saß neben der Mutter auf der Eckbank vor dem Fenster.

In Höhe der in den Raum gezogenen Zwischenwand stand noch ein weiterer, kleinerer Tisch an der Fensterwand. An dem aßen andere Flüchtlinge, die bald wieder weiterzogen, oder irgendwelche Hausierer. Von einer Frau, die an diesem Tisch saß, bekam ich auf der ausgestreckten Hand ein Stück Schokolade geschenkt. Es war die erste meines Lebens. Einfach herrlich, diese Schweizer Schokolade. Wie die Frau tags zuvor in die Schweiz gekommen war, weiß ich nicht. Ich weiß aber, dass das damals nicht einfach war.

Was mich bei unserem ersten Mittagessen an diesem Tisch sehr erleichterte, war der Umstand, dass hier aus Tellern gegessen wurde, nicht aus der Schüssel. Das hänge mit dem Bildungsstand der Bauern zusammen, sagte die Mutter, als ich sie darauf ansprach. Ich glaube, ich verstand nicht ganz, was sie damit meinte, und ich verstand auch das eigenartige Gemurmel nicht, das all die Leute um den Tisch vor dem Essen anstimmten. Doch wollte ich auch dazu gehören, und so murmelte ich irgendwelche ungeformten Wortlaute vor mich hin, bis auf einmal die Runde mit dem Gemurmel aufhörte und der Bauer mich mit hochgezogenen Augenbrauen strafend ansah. Von der Mutter erfuhr ich dann, dass hier vor dem Essen gebetet wurde und ich das Beten, das für mich wie ein Gemurmel klang, nicht stören sollte.

Rechts neben dem Tisch standen noch ein Schrank und ein Sofa, auf dem ich einmal Herbert liegen sah, weil er Gelbsucht hatte. Er zeigte mir damals ein illustriertes Sagenbuch mit Siegfried, der mit einem Drachen kämpft, hinter dem vor einer Höhle ein angsterfülltes Mädchen steht. Bild und Geschichte haben mich wohl sehr beeindruckt. Allerdings habe ich diese Fassung der Siegfriedsage – mit einem Mädchen in der Gewalt des Drachen – nie gefunden. Und noch etwas anderes hat mich sehr beeindruckt: die gediegene Ausstattung der gesamten Wohnküche. Vor ein paar Jahren habe ich sie wieder einmal betreten. Da waren Herd und Möbel durch einen moderneren Herd und modernere Möbel ersetzt. Schade.

Gleich hinter der meistens offenen Küchentür führte eine Holztreppe vom Flur hinauf in den oberen Stock. Dort waren auf der linken und der rechten Seite eines langen Ganges die Zimmer vom Kaspar Fink und seiner Familie, auch unseres. Das befand sich links neben dem Fenster am vorderen Ende des Ganges und war nicht groß: zwei Ehebetten, in denen die Mutter und ich schliefen, ein Schrank, zwei Nachtkästchen, das war´s. Vom Fenster konnte ich auf den kleinen Gemüsegarten vor dem Bauernhof sehen.

In dem Nachtkästchen neben dem Fenster hatte die Mutter einmal einen Sack Zucker, Brot und Butter aufbewahrt. Das hatte sie als Flüchtlingszuteilung bekommen. Als sie bemerkte, dass ich mir heimlich ein Butterbrot mit Zucker geschmiert hatte, reagierte sie ziemlich heftig.

Solch laute Auseinandersetzungen zwischen Mutter und mir bekamen die anderen nicht mit, weil sie die Räume im oberen Stock nur als Schlafräume nutzten und viel später als ich zu Bett gingen. Von diesen Zimmern kannte ich nur die von Emmi und Herbert. Sie lagen gegenüber von unserem und wurden über die Bodenklappen ober dem Herd in der Küche beheizt. Unser Zimmer war kalt.

Was mein Leben damals im wahrsten Sinn des Wortes zu einer Kindheit auf dem Bauernhof machte, war allerdings weniger der Wohntrakt des Hofes, viel mehr der Stall mit der Tenne. Man kam auch vom oberen Stockwerk dorthin, nämlich durch die Tür am Ende des Ganges gegenüber dem Fenster. Da trat man dann auf das lose Gebälk, das gleich unter dem Dach über die Tenne gelegt war.

Ich ging lieber über den Flur in den Stall, an der Treppe vorbei, hinter der die Kellertür war, und dann durch eine weitere Tür in den Zwischentrakt, in dem die großen Milchkannen standen. Blitzsauber war dieser Trakt, und es roch hier wunderbar nach frischer Milch. Von da führte eine weitere Tür ins Badezimmer. Das war etwas Außerordentliches, etwas Unsittliches, vielleicht auch Abartiges für die Bauern hier. Hinter vorgehaltener Hand wurde kolportiert, dass Bauer und Gesinde sich hier nackt herumtrieben. Das hörte ich von der Mutter.

Mehr interessierte mich aber der Weg an der Badezimmertür vorbei in den Stall. Dort war ich wie zu Hause bei den Kühen, etwa sechzehn waren es, beim Kälbchen, dem ich die Finger ins Maul steckte, so dass es daran zuzeln konnte, und es muhte enttäuscht, wenn ich es verließ, und bei der dicken Sau, die etwa fünfzehn Ferkel geworfen hatte, mit denen ich mich auf der Streu wälzte, und ich wunderte mich, wie sauber die Schweine waren.

Außer dem Zugang zum Wohntrakt gab es noch zwei weitere Ausgänge aus dem Stall. In der Mitte der Längsseite, zum Tal hin, ging es auf die steinerne Rampe hinaus. Auf der kam man an der Jauchegrube vorbei und am stinkenden Misthaufen, über dem die gefährlichen Hornissen flogen. Fünf Stiche seien tödlich, sagten die Bauernkinder. Ich ging beklommen an ihnen vorbei und an der notdürftig überdachten Bschüttepumpe, bis ich auf die Wiese kam und zu der Ecke des Hofes, um die ich gleich vor die Eingangstür kam.

In der Mitte der Schmalseite des Stalles, gegenüber dem Wohntrakt, führte ein dritter Ausgang in einen verhältnismäßig breiten Gang, durch den das Vieh hinaus auf die Straße und von dort auf die Felder getrieben wurde. Oder Hansi, das Pferd, wurde in dem Gang vor den Heuwagen oder den großen Schlitten gespannt. Hansi hatte seinen Stall auf der linken Seite des Ganges. „Ich schaff' mir keinen Traktor an", sagte der Bauer einmal, „solange der Hansi lebt". Auf der anderen Seite des Ganges war noch eine kleine Werkstatt mit Hobelbank und allerlei Werkzeug.

Vom Gang, durch den das Vieh getrieben wurde, kam ich hinaus auf die Schotterstraße und über diese nur ein paar Schritte hinauf zur Rampe vor der Tenne, die über dem Stall lag. Meistens allerdings ging ich von der Haustür dorthin, ein paar Schritte bergauf, dann um die obere Ecke des Hofes und noch ein paar Schritte mehr gerade aus. Über die Rampe zog Hansi den großen Heuwagen auf die Tenne, wo das getrocknete Gras mit Heugabeln vom Wagen über die niedere Begrenzungsmauer in den Heuboden befördert wurde. Früher im Jahr, wenn der Boden praktisch leer war, fiel das Heu tief hinunter bis auf den Grund der sogenannten Heukammer, die die Basis des Heubodens und auf gleicher Höhe mit dem Stall war, in den eine Tür führte, durch die man das Heu in die Krippen vor die Mäuler der Kühe befördern konnte. Im Laufe des Jahres kam immer mehr Heu in den Boden, bald füllte es die Heukammer am Grund zur Hälfte, bald ganz, bald wurde es über die Begrenzungsmauer hinauf nach oben geschichtet, fast bis zur Decke der Tenne.

Die Tenne war ein Spielparadies für mich. Hier lernte ich eine Betätigung, die mein Leben damals geradezu beherrschte und besonders spannend war, wenn sich eine ganze Meute Kinder da im Heu wälzte: Heuspringen. Ich lernte es von den Bauernkindern, die sogar von dem auch vom Oberstock des Wohntraktes erreichbaren Brettergerüst unter dem Dach sprangen, wenn der untere Teil des Heubodens ungefähr halb voll war. Das traute ich mich nicht. Ich sprang von der niederen Begrenzungsmauer des Heubodens. Und erst als das Heu schon hoch über der Mauer aufgeschichtet war, hatte ich den Mut zu ein paar Sprüngen von den lose liegenden Brettern ganz oben.

Also scheint es, alle Voraussetzungen für das Idyll einer Kindheit auf dem Bauernhof waren gegeben.

Doch ich erlebte alles ganz anders. Ich weinte viel in dieser Zeit. Die Bauernkinder riefen mir „Weinerlich!" hinterher, und Herbert, den ich vor ein paar Jahren einmal besuchte, erzählte, dass sie mich damals in Anspielung auf meinen Namen „Schreier" genannt hätten. Ich muss ein schrecklicher Jammerlappen für die Kinder gewesen sein, mit denen ich spielen wollte, die aber nicht so wollten wie ich.

Dass sich die Bauernhofidylle nur einstellte, wenn keine Kinder zugegen waren, dürfte verschiedene Gründe gehabt haben, sicher aber nicht Gewalt oder Streitlust. Ich wurde von den Bauernkindern nie verkloppt. Eigentlich waren sie immer nett zu mir. Ich verstand aber ihren Dialekt nur schwer, und die Kinder der umliegenden Höfe waren fast alle älter als ich. Die Wolst-Buben, die mir den Weg in die Bauerngesellschaft geebnet hatten, fehlten mir. Dazu kam, dass ich als Einzelkind den Umgang mit anderen Kindern nicht gewohnt war und andererseits eine gewisse großstädtische Arroganz ausspielte, die sie herausforderte. Auch hatten Kriegs- und Gewalterlebnisse mein seelisches Gleichgewicht sicher gestört. Unter all diesen Umständen konnte es vorkommen, dass ich einige Zeit friedlich mit anderen Kindern auf einem Nachbarhof spielte und dann auf einmal schreiend davonlief, die anderen Kinder johlend hinter mir her, und mich plötzlich in einem Stacheldrahtzaun verfing. Eine andere Art von Gewalterfahrung.

Schuld an solchen oft schmerzhaften Erlebnissen hatten für mich immer die anderen Kinder, manchmal auch die Tiere, nie ich. Da war zum Beispiel so ein Ziegenbock vor der Haustür des Hofes. Dem stieß ich immer wieder ein hölzernes Spielzeuggewehr zwischen die Hörner, ohne Unterlass, bis ich auf einmal auf dem Boden zwischen seinen staksigen Beinen lag und schrie.

Und dann ereignete sich auf einmal das Ungeheuerliche, dass ich von der eigenen Mutter eine gehörige Tracht Prügel auf den Hosenboden bekam. Das hing mit dem Neubau unten an der Langener Straße zusammen. Aus der Ruine des Hauses, in dem wir vor dem Einmarsch der Franzosen ein paar Tage gewohnt hatten, wurde gleich nach dem Krieg ein neues Haus hochgezogen. Aus der Ruine daneben auch. Damit eröffneten sich für uns viele Spielmöglichkeiten, und dabei kam ich wieder mit Heiner zusammen, dem Sohn der Gieselbrechts.

Als die Decken eingezogen und noch durch Holzpfähle gestützt wurden, bot uns das Gelegenheit zum Verstecken spielen. Und als das Dach so weit fertig war, dass die ersten Ziegel auf die Dachsparren gelegt werden konnten und ein Richtbaum mit bunten Papierbändern auf dem First prangte, staunte ich. Ist das ein Christbaum, fragte ich mich. Es war doch Sommer und noch lange nicht Weihnachten. Mit Heiner stieg ich hinauf aufs Dach, er immer einige Meter vor mir. Ich wollte so ein Papierband, so ein Christ-baumlametta holen. Das ging so lange gut, bis die Mutter oben vor dem Bauernhof stand und nach mir rief. Wir stiegen wieder nach unten, sie kam über die Wiese auf mich zu und vermöbelte mich mit dem eisernen Bratenwender, während Heiner sich still verzog.

Doch hatte ich damals auch durchaus friedliche und schöne Erlebnisse in der für mich so neuen ländlichen Umgebung. So konnte ich fast eins werden mit den still und beharrlich vor sich hin kauenden grasfressenden Kühen, wenn ich am Rand des Feldes saß und das Vieh hütete. Und wenn ich den Sensen schwingenden Männern eine Kanne mit Most auf den Wiesenhang hinausbrachte, kam ich mir sehr wichtig vor.

Vom Alltag besonders herausgehoben war aber der Kirchgang am Sonntag. Die Kinder nahmen mich mit auf den Weg nach Langen und neckten mich die ganze Zeit über nicht. In der Kirche saßen Buben und Mädchen sehr still in getrennten Bänken. Hinter den Mädchen saßen die Frauen, und die Männer, die hinter den Buben saßen, kamen erst nach der Predigt, knapp vor der Wandlung in die Kirche. Vorher hatte ich sie laut diskutierend auf dem Kirchplatz stehen gesehen. Sie boykottierten den Pfarrer, wie ich von der Mutter hörte, weil er in einer Predigt etwas Abwertendes gegen Kriegsteilnehmer gesagt hatte.

Am schönsten war für mich aber eine Übernachtung im Gasthof Hirschen gegenüber der Kirche. Wenn die Mutter mit mir Tante Hilda und Ralfi im Hirschen besuchte, gingen wir hin und zurück an einem Tag. Das war schon ein weiter Weg, wie zum Kirchgang. Als am Abend im Festsaal des Hirschen ein Theaterstück gegeben wurde, bei dem Tante Hilda mitspielte, war das aber nicht möglich. Viele Leute kamen zu der Vorstellung. Es war ein Stück über Verhältnisse der Nachkriegszeit und über Heimkehrer, die immer noch ausblieben.

Heimkehrer und Schulkind

Es war schon hoher Sommer, als ich unten auf der Langener Straße seltsame Gestalten daherkommen sah. Es waren Männer, sie gingen einzeln, nicht in Gruppen, einer nach dem anderen kamen sie im Abstand von zwei, drei Tagen in gemessenem Schritt daher. Dunkle Gestalten mit langen dicken Mänteln und einem Koffer oder irgendeinem Bündel in der Hand. Das sind Heimkehrer, sagte der Bauer. Was mir nicht viel sagte. Erst als ich mit Herbert darüber gesprochen hatte, begriff ich, dass es ehemalige Soldaten waren, die aus der Kriegsgefangenschaft nach Hause kamen.

Dass meine Mutter schon länger und sehr genau diese an der Straße unter dem Wiesenhang vorbeiziehenden Heimkehrer beobachtete, bemerkte ich lange nicht. Es fiel mir erst auf, als sie einmal heulend auf dem Bett lag und schluchzte: „Es gibt keinen Gott!" Und die Emmi und andere vom Hof standen betreten daneben. Erst nach und nach bekam ich heraus, was passiert war.

Die Emmi hatte gerufen: „Ein Heimkehrer kommt!" Und die Mutter war aus der Küche vor den Hof gerannt und hatte geschaut, wer da die Straße entlang kommt. Und als sie gesehen hatte, dass es

nicht der Papa war, war sie heulend aufs Zimmer gerannt. Offenbar war es schon öfter vorgekommen,
dass die Mutter auf den Ruf „Heimkehrer!" vergeblich vor den Hof gerannt war, und an diesem Tag war
ihr Glauben an ein baldiges Ende des endlos erschei-
nenden Wartens wohl erschöpft.

Dann kam der Papa doch. Zuerst war es das bekannte Spiel. Die Emmi rief „Ein Heimkehrer!" Die
Mutter lief vor den Hof und schaute über den Wiesenhang hinunter. Dann stutzte sie, schluckte,
schaute kurz zurück und sagte zu mir: „Der Papa
kommt!" Und dann rannte sie mit fliegenden Haaren
querfeldein über das große Feld zur Straße hinunter.
Den Schotterweg zu nehmen, wäre ein Umweg gewesen. Und ich trottete hinterher. Die Begrüßung war
sehr stürmisch, ähnlich wie ein paar Monate zuvor
das Wiedersehen von Mutter und Tante Hilda.

Alle, die zum Hof gehörten, hatten sich um den
großen Tisch in der Wohnküche versammelt, als der
Vater, einem Obstler nachschmeckend, erzählte. Ich
saß neben der Mutter auf der Fensterbank und verstand kaum etwas. Vor allem die vielen Ortsnamen
und Kilometerangaben, mit denen er seinen Bericht
untermauerte und die den Kaspar Fink sehr zu inte-
ressieren schienen, sagten mir nichts. Wahrscheinlich
hörte ich bald auch nicht mehr richtig zu. Aus der Erinnerung und aus Erzählungen, die ich danach noch

öfter hörte, kann ich mir aber einiges zusammenreimen:

Auf einem Lastwagen war der Vater mit seinen Kameraden von Berlin bis Süddeutschland, dann ins Salzburgische gekommen. Von einer Alpenfestung hatten sie nichts gesehen, dagegen viel von Amerikanern, bei denen sie endlich in Gefangenschaft gingen. Auf einer Viehweide wurden sie zusammengepfercht. Zu essen gab´s nicht viel, nur Gras und Schnecken, die sie einsammelten und über einem Feuer rösteten. Und viel Regen gab´s. Endlich wurden sie nach und nach, wenn sich keine Indizien für Kriegsverbrechen oder nationalsozialistische Betätigung fanden, entlassen, also nach Hause geschickt.

Mit dem Zug, der Wälderbahn und zu Fuß kam der Vater nach Hup. Ob er vorher in Langen Tante Hilda getroffen hatte, bekam ich nicht mit, nur, dass er gehört habe, hier in der Gegend triebe sich so ein Junge wie ich herum, deshalb habe er Mutter und mich gefunden. Dass er die Adresse des Hauses hatte, in dem wir wohnen sollten, wäre es nicht zusammengeschossen worden, erwähnte er nicht, und ich dachte auch nicht daran, weil ich viel zu müde war, um alles, was ich an diesem Tag erlebt hatte, zu erfassen. Ich musste ins Bett. Nicht mehr ins Ehebett, sondern auf eine kleine Liege, die am Fußende der Ehebetten aufgestellt wurde.

Der Vater wurde Knecht auf dem Hof. Ich erinnere mich noch an das Bild einer Männerreihe auf dem Feld am Hang oberhalb der Straße, die zum Senner führte. Mit schweren Sensen schnitten die Männer das Gras und schoben es später mit den Rechen zu Mahdzeilen zusammen. Einer in der Reihe war Papa.

So einen Rechen wollte ich auch haben, und er baute mir in der Werkstatt einen Kinderrechen. Damit wollte ich mich in die Arbeitsschlange einordnen, war aber viel zu langsam. Deshalb riet mir die Mutter, mit dem Rechen unterhalb der Reihe der anderen nachzuarbeiten. Dieses Gestochere nach einzelnen grasigen Fäden war mir aber zu langweilig, und so ging ich lieber in den Stall oder auf die Tenne. Da hatte ich aber auch nicht viel Spaß, da die anderen alle bei der Arbeit waren. Und auch die Besuche beim Vater, nachdem ihn der Bauer an die Bschüttepumpe gesetzt hatte, brachten wenig Abwechslung. Ich roch nur den Gestank und hörte das immer gleiche Geräusch der Pumpe, die in langen Metallrohren die Jauche zur Düngung auf die Felder brachte. Wenn einer Bombenflugzeuge geflogen habe, müsse er mit Maschinen umgehen können, meinte der Bauer, und die Pumpe reparieren können, wenn sie mal kaputt wäre. Und das war ziemlich oft der Fall.

Das Heumachen bestimmte im Sommer den All-tagsrhythmus, und der war ziemlich langweilig für mich, zumal die Kühe auf der Alpe waren, auf dem Hirschberg, und so auch im Stall nicht viel los war. Abwechslung gab es nur, wenn wir in der Rotach baden gingen. Die Rotach ist ein Nebenfluss der Bregenzer Ache und fließt ein kleines Stück unterhalb des Waldes, in dem wir beim Einmarsch der Franzosen übernachtet hatten. Kennzeichnend für unsere Badestelle war der schmale Streifen Sand am Ufer zwischen den Büschen, die den Fluss säumten.

Ging man über den Ufersand direkt ins Wasser, musste man sofort schwimmen. Denn an dieser Stelle war der Fluss sehr tief, als hätte er da ein tiefes Loch, während man ober oder unter dieser Stelle leicht ans andere Ufer gehen konnte. An diesen Stellen krabbelte ich, Schwimmbewegungen markierend, gerne über den Fluss zur anderen Seite. Die Versuche des Vaters, mir im tiefen Wasser das Schwimmen beizubringen, fand ich dagegen nicht so gut. Sie hatten auch keinen Erfolg. Erfolg hatte der Papa, als er den Herkules vor dem Ertrinken rettete.

Herkules war Knecht am Hof, kam offenbar immer zur Heuernte zum Kaspar Fink und saß dann bei uns am Mittagstisch. Den Namen hatte er, weil er so groß und stark war. Wenn wir baden gingen, kam er oft mit. Ohne sich abzukühlen, sprang er an dem heißen Sonntag, an den ich mich erinnere, ins Wasser

und schlug gleich prustend und hustend mit krampf-
haften Bewegungen um sich und drohte unterzuge-
hen. Papa schwamm sofort auf ihn zu, packte ihn unter den Achseln und beförderte ihn mit ruhigen und
festen Beinbewegungen ans Ufer.

Ein Vorfall, der mich sehr beeindruckte und dem
Vater sicher auch einiges Ansehen bei den Bauern
brachte, doch wurde der von Sensen, Rechen und Ga-
beln bestimmte Heualltag dadurch nicht abwechs-
lungsreicher, zumal es nur sehr wenige Badesonn-
tage in dieser Zeit gab. Diese Langeweile endete erst,
als das Vieh, mit grünen Kränzen geschmückt, von
der Alpe zurück in den Stall getrieben wurde.

„Du bist aber groß geworden!" sagte die Bäuerin
zu einer der Kühe. Ich glaube, sie hieß Hirsch. Ein
paar Tage später wollte sie mich auf die Hörner nehmen, was ich mit großem Geschrei gerade noch ver-
hinderte. Doch blieben immerhin zwei Löcher, von
den Hörnern gerissen, im Leibchen zurück, die meine
Mutter stopfen musste. Viel handsamer als die anderen Kühe war dagegen die Mida. Ich erkor sie zu meiner Lieblingskuh, weil sie so zierlich war und nur ein
Horn hatte – die arme Kuh.

Bis zum Herbst wurden wir in der Gegend so sess-
haft, dass wir nicht nur zu Tante Hilda oder zur Irmi

Wolst auf Besuch gingen, sondern auch zu bestimmten Einheimischen. Ein wichtiger Kontakt, den Tante Hilda bis weit nach dem Krieg aufrecht hielt, war der zu Maria Hauke und ihrem Vater. Die Haukes hatten ein Haus an der Langener Straße gegenüber dem Hirschen. Maria Hauke studierte in Innsbruck Medizin und betätigte sich im Dorf schon als Ärztin. Einmal riss sie einem offenbar sehr stabilen Bauern mit der Beißzange unter viel Schnapsbeigaben einen Zahn. Ihr Vater hatte eine Jagd und viele Geweihe im Haus. Eine Nacht ging Papa mit ihm auf Pirsch. Von einem Hochstand herab schossen sie ein Reh.

Ein wichtiger Kontakt, weil er das Leben und die Versorgung erleichterte, war der zu Frau Bertsch, die in Langen am Kirchplatz, gegenüber dem Hirschen und der Kirche, einen kleinen Gemischtwarenladen betrieb. Ihr Mann war noch immer nicht aus dem Krieg zurückgekommen, und sie nutzte jede Gelegenheit, um mit Papa, der bei den Einheimischen hier offenbar als Sachverständiger in Sachen Krieg galt, über die Chancen einer Heimkehr ihres Mannes zu sprechen. Dass ein paar Monate wirklich nichts für die Dauer einer Kriegsgefangenschaft bedeuten, wusste damals niemand.

Frau Bertsch sorgte auch dafür, dass die beiden älteren Wolst-Buben, Peter und Harald, für ihren anstehenden Schulbesuch in Langen gut versorgt wurden. Die Irmi Wolst saß mit ihren Jungen bei Frau Bertsch in der guten Stube, trank Tee, aß Plätzchen, und die Frau Bertsch verteilte an Peter und Harald Hefte und Stifte. Plötzlich sagte Detlef, der Jüngste, mit tiefer Stimme: „Ich will auch was haben!" Frau Bertsch darauf: „Hier hast Du ein Krämle (Bonbon oder Keks)." Und Detlef: „Ich scheiß auf Dein Krämle!"

Schulbeginn war damals noch im Frühjahr, und es war Herbst, als es in der gemütlichen Wohnstube der Frau Bertsch zu diesem peinlichen Vorfall kam, der nahezu zu einem Familienmythos wurde, von dem Tante Hilda später oft und gerne erzählte. Wahrscheinlich stiegen die beiden Wolst-Buben, die ja etwas älter waren als ich, schon mitten im Schuljahr in Langen in den Schulbetrieb ein. Und während Detlef, so jung wie ich, da nicht mithalten konnte, hatte ich einiges Glück. Denn der Lehrer der Dorfschule in Hup sagte zu meiner Mutter, ich dürfe schon zu den Religionsstunden in die Schule kommen.

Diese Stunden waren zeitlich genau festgelegt, denn sie wurden nicht vom Lehrer gegeben, der mit seinen Angeboten je nach der Aufnahmebereitschaft der Schüler immer zeitlich variieren konnte, sondern vom Pfarrer aus Langen, der zu festgelegten Zeiten rüstigen Schrittes zur Schule in Hup ging, während ich vom Bauernhof weiter den Hang hinauf bis zum Rand des Waldes stapfte, wo ganz einsam das Schulgebäude lag, ein schmucker Holzbau, in dem Lehrer Zangerle im unteren Stock auch seine Wohnung hatte, während im oberen Stockwerk der Klassenraum war, ein einziger Raum für alle Kinder aller Jahrgangsstufen. Die Versetzung in die nächste Klasse bedeutete, dass man sich im nächsten Schuljahr eine Bank weiter nach hinten setzte. Hier saß ich nun in einer der vorderen Bänke – in welcher, war für mich noch nicht so wichtig – und hörte gespannt die Geschichten von Jesus und seinen Aposteln.

Dieser Schulbesuch ohne Schulreife verlieh mir wohl eine eigene Bedeutung unter den Kindern. Und er war vielleicht schon ein erster Fingerzeig, dass meine Zukunft anders verlaufen würde als hier bei den Bauernkindern üblich. Doch daran dachte ich nicht. Ich nahm die Religionsstunden als eine willkommene Abwechslung im Leben auf dem Bauernhof, das zu einem Alltagseinerlei wurde, wenn die Kinder alle in der Schule waren.

Deutlicher war der Fingerzeig auf eine Umgestaltung meiner Zukunft, den ich eines Abends einem Gespräch zwischen Erwachsenen hätte entnehmen können. Wir waren von einem Ausflug oder einer Feier zurückgekommen und standen abends vor dem Hof vom Kasper Fink, und die Männer sprachen über ihre Zukunft. Neben meinem Vater stand der Mann der Irmi Wolst, der aus dem Krieg zurückgekommen war, und noch ein dritter Mann war dabei, an den ich mich nicht weiter erinnere. Auch die Frauen waren dabei, vielleicht auch Tante Hilda. Mein Vater erklärte deutlich, was er demnächst machen wollte. Eigentlich, betonte er, wollte er gerne Dorfschullehrer werden. Doch müsse er dann auf die Lehrer-Bildungsanstalt gehen, und das könne er nicht, weil er ja eine Familie zu erhalten habe. Also setze er lieber auf seine handwerklichen Fähigkeiten und wolle irgendwo eine Spielzeugfabrik aufmachen.

Dass der Papa handwerkliches Geschick hatte, wusste ich schon. Neben dem Kinderrechen hatte er mir richtige Holzpantoffeln gemacht, und jetzt war er dabei, für die Bauern und ihre Kinder Schuhe zu machen. Mit Holzsohlen. In der Werkstatt gegenüber dem Pferdestall hantierte er jedes Wochenende mit Holz, Leder, Säge und anderen Dingen. Ob das reichte, um eine Fabrik zu eröffnen, bezweifelte ich schon damals. Doch eines fand ich interessant: dass meine Eltern offenbar nicht bei den Bauern in Hup bleiben wollten. Und andere Leute, die nicht von hier waren, wollten das offenbar auch nicht.

Das alles bekam ich schon mit, es interessierte mich auch, doch zog ich daraus keine weiteren Schlüsse über meine nähere Zukunft. Ich konnte mir einfach nicht vorstellen, den Bauernhof in Hup zu verlassen. Deshalb befasste ich mich nicht weiter mit dem Gehörten und fand den dritten Fingerzeig auf eine mögliche Veränderung meines Lebens nicht einmal interessant, sondern nahm ihn überhaupt nicht wahr. Das war die plötzliche Abwesenheit des Vaters.

Eines Morgens hatte er mir im Bett anhand einer Glühbirne noch die Welt erklärt - das heißt, ich hatte ihn gefragt, wie es zu Tag und Nacht komme, und er hatte eine Glühbirne genommen, die er als Erdball um die Nachttischlampe als Sonne kreisen ließ und mir so eine Einführung in die Naturkunde gegeben, und am nächsten Morgen war er nicht mehr da, und das fiel mir gar nicht auf. Ich sah ihn ja an den Wochenenden wieder, und ich hatte mich außerdem schon in Berlin daran gewöhnt, dass der Vater zwar dazu gehörte, die meiste Zeit aber nicht da war. Vielleicht war es aber auch so, dass ich die Erklärungen der Mutter für die Abwesenheit des Vaters einfach nicht verstand.

Aus Gesprächssplittern und Hinweisen, die mir später auffielen, kann ich mir heute zusammenreimen, was damals im Herbst 1945 geschah: Allein an der Bschüttepumpe sitzend und auf das eintönige Motorengeräusch hörend, hatte der Vater wieder zu schreiben begonnen. Schon zur Hitlerzeit waren Gedichte von ihm im „Getreuen Eckhart" erschienen. Nun machte er sich an eine Kriminalgeschichte, die er irgendwo veröffentlichen wollte. Der erste Versuch, sie in einer Zeitung unterzubringen, führte ihn nach Bregenz zum „Vorarlberger Volksblatt". Dort wurde gerade ein Redakteur gesucht, und er bekam die Chance für eine entsprechende Anstellung. Und zur Einarbeitung blieb er über die Woche in Bregenz und kam nur zum Wochenende nach Hup. Die Kriminalgeschichte ist dann auch noch in der Zeitung erschienen.

Wenn ich mir vorzustellen suche, wie er damals nach Bregenz gekommen ist, fällt mir nur der lange Fluchtweg ein, den meine Mutter ein paar Monate zuvor mit mir in umgekehrter Richtung bewältigt hatte: zu Fuß nach Langen, dann den Berg hinunter zur Station der Wälderbahn und mit der nach Bregenz. Denn Busse fuhren damals nicht.

Die einzigen Fahrzeuge, die ich auf den Straßen sah, waren vereinzelte Fahrräder und hin und wieder ein Traktor. Bauer Gieselbrecht, der Vater von Heiner, hatte so einen, auf dem ich gerne mitfuhr, weil ich die von Knattern begleitete Fahrt so genoss und das Benzin so gerne roch. Woher die Bauern den Treibstoff hatten, der für Autobusse oder Privatautos fehlte, weiß ich nicht.

Erst viel später im Jahr fuhren die ersten Lastwagen auf der Landstraße. Die fuhren aber nicht mit Benzin, sondern mit der Kraft aus verfeuertem Holz. Es waren Holzgaser. In hohen eisernen Öfen, die auf der Laderampe hinter dem Fahrerhaus angebracht waren, wurde das Holz verbrannt. Bald fuhren solche Holzgaser auch als Autobusse. Auf beiden Seiten der Laderampe standen Holzbänke für die Fahrgäste. Ein- oder zweimal fuhr ich mit so einem Holzgaserbus. Nachdem die gesprengte Brücke über den Wirta Tobel wieder notdürftig hergerichtet worden war, auch einmal mit der Mutter bis nach Bregenz, wo wir im Krankenhaus Mehrerau die Bäuerin besuchten, die sich einer Kropfoperation unterzogen hatte. Von der Stadt sah ich damals aber nicht viel. Von der Endstation unter dem Gallus Stift ging es an der Innenstadt vorbei über Vorkloster zum Krankenhaus.

Das nächste Ereignis, bei dem der Vater eine Rolle spielt, ist Weihnachten. Heiligabend. Der Bauer hat in der guten Stube, wo der schön geschmückte Weihnachtsbaum auf dem Boden steht und fast bis zur Decke reicht, den Kachelofen geheizt. Und unter dem Weihnachtsbaum sehe ich die Geschenke für mich, zwei, drei Bilderbücher, die auf ihren leicht aufgefalteten stabilen Einbandseiten stehen. Und vor dem Fenster der Stube, gegenüber dem Baum, neben der Mutter mein Vater, der dann wieder aus meiner Erinnerung verschwindet.

Das Beeindruckendste des Weihnachtsfestes aber war die Krippe. Sie stand nicht unter dem Baum in der guten Stube, die gleich nach Heiligabend wieder geschlossen wurde, sondern in der Wohnküche in der hinteren Zimmerecke, wo sonst der große Esstisch stand. Der wurde in die Mitte des Raumes geschoben. Es war eine große Krippe, und sie avancierte zum Mittelpunkt des weihnachtlichen Lebens auf dem Bauernhof.

Ich war fasziniert von der leicht gewellten Hügellandschaft aus Moos, die, fast so hoch wie der Tisch, vom Fensterbrett in der linken Ecke des Raumes bis etwa zum Ende der Eckbank an der hinteren Wand reichte. Hinter den Mooshügeln ragte eine aus Papier geformte Silhouette einer orientalischen Stadt mit Moschee und Minarett auf, alles in leuchtenden Farben und historisch nicht korrekt. Das sollte Jerusalem sein, erklärte mir Herbert. Auf den bemoosten Landschaftswellen standen geschnitzte Holzfiguren von Hirten, Schafen und anderen Tieren. Ein Hirte aus diesem Ensemble steht heute in meinem Wohnzimmer. Und rechts im Vordergrund, am Fuß der Hügel, öffnete sich die moosige Böschung zu einer Höhle. In der waren die Figuren von Maria, Josef und dem Jesuskind untergebracht. Das war die erste Krippe, die ich gesehen habe.

Noch etwas sah ich zum ersten Mal: Skifahrer und Rodler. Schnee war gefallen. Was das war, wusste ich aus Berlin. Doch die Skier, mit denen die Bauernkinder über die verschneiten Hänge glitten, waren mir neu. Und die Bindungen, die ihren Schuhen Halt auf den Brettern gaben, waren zwei Jahre später, als ich selber die ersten Skier bekam, nicht mehr in Gebrauch. Es waren ziemlich lockere Bindungen aus Lederschlaufen, in denen die Schuhe nicht fest auf die Bretter gepresst wurden, sondern beweglich blieben, so dass man die Sohlen heben und mit den Skiern über ebene Strecken gehen konnte. Wenn ich, meistens an einem späten Vormittag, in die Schule zum Religionsunterricht kam, lehnten viele Skier an der Hauswand und auch Schlitten. Es gab Bauernkinder, für die es sich lohnte mit Skiern oder Schlitten zur Schule zu kommen.

Das war auch für Herbert und Fritz der Fall. Die Schule lag ja am Hang ziemlich weit ober dem Hof vom Kaspar Fink. Und eines Tages, als ich zum Religionsunterricht kam, sah ich den Schlitten von Herbert und seinen Geschwistern vor der Schule stehen. Ich erkannte ihn, weil ich schon ein paarmal vor dem Hof mit ihm gefahren war. Das hatte zur Folge, dass ich mich nach dem Ende der Stunde, das zugleich Schulschluss war, sehr beeilte, um als erster aus dem Schulhaus zu kommen, den Schlitten zu nehmen und die verschneite Straße hinunter zum Bauernhof zu fahren. Allerdings war ich mit meinem Leichtgewicht ziemlich langsam auf der kurvenreichen Straße. Oft musste ich mit meinen Füßen anstoßen, um Tempo zu machen. Vergeblich, die beiden Brüder, die wie schwarze Riesen quer zur Straße steil abwärts über die weißen Hänge auf mich zu kamen und schon von weitem nach mir riefen, holten mich noch vor dem Hof ein. Sie verdroschen mich aber nicht. Und die Schule blieb bestimmend für mein Leben.

Zuerst mit einer sehr bizarren Begleiterscheinung. Das waren ein paar Tage, an denen ich zum ersten Mal Menschen mit Masken sah, die von Hof zu Hof zogen und uns an einem Vormittag besuchten, was die Mutter mit Fasching, die Bauern mit Fastnacht erklärten. Gleich ließ ich mir auch so eine Maske aus Papier - mit hineingeschnittenen Augenschlitzen – machen und zog in dieser Verkleidung gewichtigen Schrittes auf dem Bauernhof herum.

Dann wurde ich um die Osterzeit eingeschult. Ich wurde richtiger Volksschüler. Und was das bedeutete, nämlich den entscheidenden Schritt ins Erwachsenen- und Arbeitsleben, begriff ich, als ich am ersten Schultag mit Schiefertafel und Griffel im billigen Ranzen den Berg herab auf den Hof zurückkam. Der Bauer, der Kaspar Fink, holte den Speck aus dem Kamin, schnitt ihn auf der harten Tischplatte auf, bot ihn mir an und sagte: „Wer arbeitet, muss auch essen."

Ob ich nun wirklich das Gefühl hatte zu arbeiten, bezweifle ich. Doch war ich von den Worten des Bauern beeindruckt und hörte dem Lehrer aufmerksam zu und saß brav in der ersten Bank neben Heiner. Wir lernten gleich als Einstieg die Kurrentschrift oder deutsche Schrift. Das war für die ungelenken Finger nicht ganz einfach. Die Hausaufgaben waren mühsam, oft musste ich die Schiefertafel abwischen und die Buchstaben noch einmal schreiben, und die Mutter meinte zum Lehrer, ich hätte doch eine schreckliche Schrift. Doch Lehrer Zangerle war mit mir sehr zufrieden und nannte mich einen Lichtblick unter den Bauernkindern.

Schule, Hausaufgaben, Heuspringen, Kühe hüten, Spiele mit den Ferkeln im Stall, die Mutter in der Küche, der Vater am Wochenende zu Besuch und der Kirchgang am Sonntag - die Tage waren ausgefüllt in Hup, und ich weinte auch nicht mehr so viel. Ob ich auf dem Weg war, ein richtiger Bauer zu werden, weiß ich nicht, jedenfalls vermisste ich nichts und dachte auch nicht über eine mögliche Veränderung in Lebensumfeld und Tagesablauf nach. Zumal sich auch mein Keuchhusten offenbar verflüchtigt hatte. Doch hatte ich immer wieder Bauchweh, und das sollte behoben werden.

Deshalb riefen die Eltern an einem Wochenende die Maria Hauke nach Hup, die Medizinstudentin, die wohl gerade Ferien hatte. Sie untersuchte mich und konstatierte eine Blinddarmentzündung. Ob das richtig war, bezweifle ich, denn nach der Blinddarmoperation hatte ich nach wie vor dieses Bauchweh, das erst verschwand, als ich etwas älter wurde und wahrscheinlich richtig zu atmen gelernt hatte. Andererseits diagnostizierte sie ca. ein halbes Jahr später bei Cousin Ralfi ganz richtig einen bevorstehenden Blinddarmdurchbruch.

Jedenfalls wurde ich noch mitten in der Nacht in einem Privatauto, von dem ich nicht weiß, wem es gehörte und wieso genug Benzin für die Fahrt zu Verfügung stand, nach Bregenz gebracht. In den vielen Kurven während der Fahrt kotzte ich auch gewaltig. Vielleicht stellte sich auch der Fahrer sehr ungeschickt an. Zu abruptes Bremsen vertrage ich bis heute nicht im Auto. Und in Bregenz, in einem Zimmer im Haus der Druckerei Teutsch, in dem die Redaktion des Vorarlberger Volksblattes war, in der mein Vater arbeitete, wurde ich ins Bett gesteckt, und auch Fieber wurde mir gemessen.

Dann kam ich ins Krankenhaus, ins Stadtspital Bregenz, und wurde vom Chefarzt Dr. Krass operiert. Dass er gar kein Arzt, sondern nur Sanitäter war, kam erst viel später heraus, als er schon tot war. Vom Krankenhausaufenthalt ist mir noch die riesige Lampe ober dem Operationstisch gegenwärtig, der auf die Maske geträufelte, schwer erträgliche Äther, woraus ein fortwährendes Klopfen wurde und eine immer weiter führende rote Treppe vor schwarzem Hintergrund und, als ich auf dem Weg der Besserung war, die ausgestreckte Hand einer Krankenschwester, auf der sie mir eine halbe Tomate reichte, die mit Zucker bestreut war. Diese Krankenschwester mochte ich sehr.

Als ich dann aus dem Krankenhaus entlassen wurde, wohnte ich nicht mehr in Hup, sondern in Bregenz, in einer Einzimmerwohnung. Die Volksschule hatte für jede Jahrgangsstufe eigene Klassenräume, die alle überbesetzt waren, und ich lernte eine neue Schrift mit Blockbuchstaben und hatte das Gefühl, die Flucht aus Berlin ist jetzt zu Ende.

Nachwort

Peter Scheiner beendete das Werk „Himmels-kreuze" kurz vor seinem Tod. Während der Arbeit an seiner Autobiographie wollte Peter Scheiner sich mit den Erlebnissen seiner Kindheit auseinandersetzen. Die Autobiographie endet mit dem Umzug seiner Eltern nach Bregenz. Peter ist zu diesem Zeitpunkt 6 Jahre alt.

Er beendete die Volksschule und besuchte das Bregenzer Gymnasium, als in seinem 14. Lebensjahr seine Mutter starb. Die große Liebe zu seiner Mutter und die Ängste um sie waren bis zu seinem Tod fest in ihm verschlossen.

Seinen beiden Töchtern und deren Kindern konnte er mit dieser Erzählung ein Zeugnis seiner Kindheit übermitteln.

Neuss, den 14.1.2019

Christiane Scheiner

Zeitfracht Medien GmbH
Ferdinand-Jühlke-Straße 7
99095 Erfurt, Deutschland
produktsicherheit@kolibri360.de